어머니의
밍크이불

어머니의
밍크이불

ⓒ 김철수, 2024

초판 1쇄 발행 2024년 4월 12일

지은이   김철수
펴낸이   이기봉
편집   좋은땅 편집팀
펴낸곳   도서출판 좋은땅
주소   서울특별시 마포구 양화로12길 26 지월드빌딩 (서교동 395-7)
전화   02)374-8616~7
팩스   02)374-8614
이메일   gworldbook@naver.com
홈페이지   www.g-world.co.kr

ISBN   979-11-388-2902-1 (03810)

김 철 수 지 음

어머니의
밍크이불

부모님의 삶은 치열했고, 두 분의 죽음은 아름다웠다.

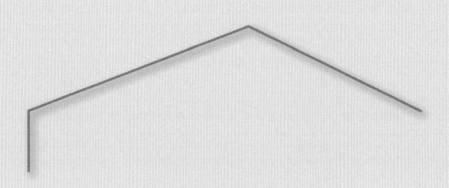

농사 지으며 아홉 자녀를 낳고 키운 부모님의 삶과
부모의 기일을 잔칫날로 맞이하는 9형제의 가족 서사

좋은땅

아름답게 사는 것만큼 중요한
아름답게 죽는 일

어머니 나의 어머니

어머니는 밤 11시 50분에 눈을 감으셨다. 돌아가신 어머니의 손과 발을 반듯하게 정리하고 고운 이불을 덮어 드린 후 아랫목에 모셨다. 나와 남동생은 어머니의 좌우에 누워서 하룻밤을 지냈다. 어머니 곁에 누워 사무친 생각을 정리했다. 천장을 바라보고, 어머니를 향해 누워보고, 어머니를 등지고 누워도 보면서.

잠을 이룰 수가 없었다. 죽음과 삶이 함께 있던 그 밤.

할머니는 내가 중학교 2학년 때 돌아가셨다. 그때는 장례식장이 없어서 집에서 장례를 치렀다. 그때 돌아가신 할머니를 안방의 뒷문 쪽으로 모시고, 그 앞에 병풍을 세웠다. 그땐 할머니가 돌아가셨다는 사실이 그저 무섭기만 했다. 그런데 나는 지금 돌아가신 어머니 곁에 누워 있다. 두렵지도 않고 무섭지도 않다. 마음이 편안했다.

어머니의 생애와 내가 어렸을 때 어머니와 함께했던 시간을 떠올리며, 그 밤을 귀하다고 생각했다. 잊지 못할 밤이요, 잊을 수 없는 밤이며, 카이로스(절대적인 시간, 또는 특별한 시간)의 밤이었다.

어릴 때 어머니 옆에 누워 있으면, 얼마나 좋았던가. 그때는 서로 어머니 곁에서 자려고 다투지 않았던가. 어머니도 두 아들이 곁에 있으니, 든든할 것 같다. 지금 어머니 곁에 누워 있음은 자식의 책임과 특권이다. 나는 다시 올 수 없는 어머니와 마지막 잠을 자고 있다.

어머니와 함께한 밤은 짧았다. 어머니 곁에 있으니 좋았고, 어머니 곁을 지키고 있으니 뿌듯했다.

새벽 5시가 되었다. 새벽이 어머니를 장례식장으로 모시러 왔다. 어머니가 돌아가신 지 5시간 후였다. 지난 저녁에는 구급차를 타고 오셨지만, 오늘 새벽에는 장의차를 타고 집을 떠나야 한다. 장의차가 30분이라도 늦게 오면 좋았을 것을 정확한 시간에 온 것이 야속했다.

어머니를 모시러 온 사람들이 간이침대를 들고 마당을 지나서 토방을 넘어 마루를 통해 안방으로 들어왔다. 어머니를 모신 침대가 떠날 때 눈물이 쏟아졌다. 어머니가 떠났으니, 이제 이 집은 빈집이요, 주인을 잃은 집이요, 주인이 없는 방이 되었다. 떠나는 어머니를 붙잡을 수도 없다. 지금은 어머니를 놓아드릴 시간이요, 떠나보내야 하는 새벽이다.

간밤에 별을 보며 집에 오셨는데, 오늘 새벽엔 차가운 별빛의 배웅을 받으며 영원히 집을 떠나야 한다. 어릴 때 어머니 곁을 졸졸 따라다닐 땐 마냥 좋아했지만, 오늘 나는 눈물을 흘리며 어머니를 따라나서야 한다.

다윗은 다른 곳에서 지내는 1,000일보다 하나님 집에서의 하루가 낫다고 했다. 나는 70년을 살면서 수없는 밤을 지냈지만, 어머니와 함께 보낸 마지막 밤을 영원히 잊을 수 없을 것 같다.

보기에 아름다웠다

세상에는 아름다운 것들이 넘쳐 난다. 장미꽃은 보면 볼수록 아름답다. 길가의 잡초와 들풀도 자세히 들여다보면 볼수록 아름답다. 해변의 돌멩이도 아름답고, 그것들이 부딪히는 소리도 아름답다. 작고 작은 모래알도 미세한 아름다움을 간직하고 있다.

나는 어머니의 죽음을 아름답다 여겼다. 어머니는 82세에 큰 고통 없이 자연스런 죽음을 맞이했다. 어머니는 돌아가실 때도 병원에 입원하여 병원비나 자녀들의 시간을 앗아가지 않았다. 고향 집 안방 아랫목에서 돌아가신 모습이 너무도 평온하게 보였다. 예전엔 어머니를 아름답다고 생각해 본 적이 없다. 어머니이기에 무조건 좋았다. 사랑하는 가족을 위해 수고하고 헌신하신 어머니. 돌아가신 모습은 숨만 쉬지 않을 뿐, 살아 있는 사람처럼 보였다. 죽음의 고통이나 두려움을 모르는 사람 같았다. 임종 시에 천국 소망이 있었다.

수의를 입힐 시간이 되었다. 어머니 주위에 아버지와 자녀들이 둘러섰다. 어머니의 고운 팔을 만져 보았다. 살갗은 차가웠으나 아직 부드러움이 남아 있었다. 예수도 부활 후에 제자들에게 나타나 손과 못 자국을 보이며 만져 보라고 했다. 손의 감촉을 느껴 봄으로써, 두려움과 의심을 벗고 부활을 믿게 했다.

장례식은 평안하게 마칠 수 있었다. 아름답게 사는 일도 중요하지만, 아름답게 죽는 일은 더 중요하다고 생각한다.

나는 어머니처럼 고생스럽게 살고 싶지는 않다. 그러나 어머니처럼 아름다운 죽음을 맞이한 사람으로 기억되고 싶다. 삶은 연습할 수 없고 죽음은 학습할 수 없으나, 다만 아름답게 죽고 싶은 소망을 가질 뿐이다.

바울은 부활 장에서 '나의 자랑을 두고 단언하노니 나는 날마다 죽노라.' 했다. '날마다 죽어야 날마다 살 수 있습니다. 날마다 살아야 날마다 죽을 수 있습니다.'

하루가 밤과 낮으로 이루어지듯, 인생이 날마다 살고 날마다 죽는 것이 아닌가 생각된다. 날마다 사는 사람이 보기에 아름답다. 또한 날마다 죽는 사람이 보기에 더욱 아름답다.

살아 계신 부모와 돌아가신 부모를
생각하는 계기가 되기를

아버지(故 김종근) 기일은 4년째이며, 어머니(故 박순동)의 추도 연한은 12년째 되던 2019년. 나는 9형제가 모인 자리에서 부모님의 삶을 기록한 책 출간을 제안했다. 이 제안에 누나와 동생들은 모두 기뻐했다.

책의 구성은 아버지, 어머니, 형제자매, 부부, 고향, 신앙생활, 하나님의 은혜, 각자의 일상 등을 아홉 개의 주제로 나누어 각자가 몇 편씩 글을 쓰면 될 것 같았다. 허나 마음은 원이로되 쉽게 진척되지 않았다. 게다가 2020년 코로나 팬데믹이 시작, 가족들의 만남이 제한되고 추도 모임도 간소해지다 보니, 출판계획은 흐지부지되었다.

코로나가 수그러들자, 나는 더 늦기 전에 추모 글을 쓰고 싶었다.

나는 부모님의 넘치는 사랑과 형제·자매들의 배려를 받으며 살아왔다. 하지만 그에 대한 보답은 하지 못했다. 그래서 부모를 생각하고 공경하는 자식 된 도리로서 글을 완성하고 싶었다. 회개하는 마음과 십자가를 지는 마음으로. 누나와 동생들을 대신하여 부모님을 글 속에 모시고, 글 속에 모셔진 부모님을 온 가족이 만나기를 바라는 마음이다.

이 글을 통해 기뻐하실 부모님과 온 가족이 다시 한번 유소년기로 돌아가는 추억여행을 할 수 있기를 바란다.

이 책은 부모님의 삶을 반추하고 부모와 나의 관계 속에서 일어난 일을 기록한 것이다. 나의 관점과 기억에 의존했으므로, 누나와 동생들의 관계를 기술하는 내용과 기억은 다소 제한적이다. 부모와 나의 주관적인 관계 속에서 일어난 일과 의미를 되새김질하고, 부모님의 생활과 사랑과 죽음에서 나와 관계 있는 일을 기록했다. 그러므로 일부는 내 의식과 무의식 속에 숨어 있는 이야기를 찾고 추적해서 썼다.

나는 이 글을 쓰면서 부모님을 더 깊이 생각하고 느끼게 되었다. 부모님의 은혜도 새삼 깨달았다. 글은 내가 쓰지만, 부모의 은혜가 글의 맥을 이어 가게 하는 것을 느낄 수 있었다. 부모는 일생을 자식을 위해 십자가를 지고 살았으나, 자식인 나는 부모를 위해 십자가를 지고 살지 못했음을 알게 되었다. 글을 쓰는 동안 돌아가신 부모님과 함께하는 시간이 되었다. 어린 마음을 다시 살피며 진정한 부모님을 만날 수 있었다. 밤하늘의 별처럼 부모님은 나에게 애잔한 빛을 주셨다.

이 책이 돌아가신 부모와 살아 계신 부모를 생각하는 계기가 되어 주면 좋겠고, 자식의 자리를 돌아보는 시간이 되기를 희망한다. 이 글을 쓰노라니, 부모님 살아 계실 때 한 편의 글이라도 올리는 기회를 가질 걸 하는 후회와 아쉬움이 일었다. 부모와 자녀 간에 마주 보고 나누는 대화도 중요하지만, 글로써 소통하고 관계를 새롭게 하는 기회를 갖는다면 후회 또한 줄어들 것 같다. 또 가족 이야기가 기록으로 남아 후대에 전해진다면, 한 가문의 구성원으로서의 자긍심도 크게 자리하리라 여긴다.

부족하나마 이 글이 추억을 만들고 과거를 치유하며 현재를 결속하고 미래를 밝히는 신호등이 되었으면 한다. 누구나 스스로 쓴 글을 통해 자신을 돌아보고 자신의 자취를 남기는 것도 좋을 것 같다.

책을 엮는 여정에서 많은 사람들의 도움과 지원이 있었다. 무엇보다 하나님의 은혜가 글을 쓸 수 있는 의지를 주고 옅어지는 마음을 붙잡아 주셨다. 부모의 은혜가 부모님을 모시는 힘이 되었다. 내 삶의 동반자인 아내가 기도하고 격려해 주어서 용기를 냈다. 큰아들의 후원과 작은아들의 워드 작업이 큰 도움이 되었다. 누나의 후원과 동생들의 응원도 잊을 수 없다.

봉은희 작가가 지도하는 글쓰기(북코칭 마스터 클래스) 모임에서 이 글을 썼다. 발표하고 토론하며 공감하고 감동을 나눈 그 시간들이 실질적 도움과 에너지가 되었다. 다시 한번 봉은희 교수와 북코칭 교실 가족들에게 마음을 전하고 싶다. 부모님이 살아 계셨다면 "수고했다", "고생했다" 하셨을 것 같다. 부모님 생전에 그 기쁨을 드리지 못했다.

2023년 12월 3일 김철수

어머니의 밍크이불

삶과 죽음을 둘러싼
철학적 통찰이 반짝이는 가족 서사

"이제 다 끝났다."

농촌에 시집와서 9남매를 낳고 키우며 사셨던 저자의 어머니가 눈을 감았을 때, 부부로 60년을 동고동락했던 아버지는 이렇게 탄식했다. 이제 다 끝났다고. 그 어떤 전투보다 치열했던 세월을 함께 해온 반려자만이 할 수 있는 장탄의 표현이었다.

부모의 죽음은 위대한 한 세대의 맺음이다. 또한 자식들을 통해 다시 사는 부활의 서막이자, 가족서사의 교차점이다.

오래된 기억은 낡아지거나 왜곡되기 쉽다. 그러나 강렬했던 유년의 기억은 흡사 앨범 속 흑백사진처럼 선명하게 자리하기도 한다.

9형제 중 장남인 저자 김철수의 기억 목록은 일관되며 단순하다.

이 책은 농촌에서 아홉 자녀를 낳고 키우며 결혼생활 60년을 함께 해온 부모님에 관한 이야기이다. 저자는 끊임없이 시골 고향집과 어머니 아버지에 대한 기억을 반추하며 그 시절로 돌아가 부모와 대화를 한다. 부모와 함께 보냈던 어린 날의 농촌 풍경을 사실적으로 서술한 그의 필치를 따라가다 보면, 독자는 우리나라 1960~1970년대의 시공간에 서 있게 된다.

죽음을 대하는 저자의 철학적 통찰은 반짝이며, 목회자로서의 여정과 인간적인 고해는 우리 삶의 갈피에 낀 먼지를 털어줄 것만 같다. 뿐만 아니라, 가족 간에 있었던 웬만한 트라우마도 녹여 줄 듯하다. 나 또한 그 수혜를 톡톡히 누렸으니, 큰 소득이었다.

- 봉은희(작가, 북코칭교실 운영자)

목차

2장 어머니의 여름

3장 부모도 흔들리며 산다

4장 바람 불어 좋은 날

5장 마르지 않는 사랑

마침 글

부록 가족 글밭

기다림의 세대교체

아버지와 커피

"부글부글 톡 토도독."

"부글부글 쪼로록 쪼록 톡 톡."

아랫목에서 막걸리 익어 가는 소리다. 잘 익었을 때 거름망을 넣고 한 국자 떠서 몰래 마신 적이 있었다. 아직 어렸던 나에게는 이해할 수 없는 맛이었다. 아버지는 막걸리를 하루도 쉬지 않고 매일 마셨다. 소주는 독하다 하시며 거의 마시지 않았다. 맥주도 마시지 않고 오직 막걸리만 마시는 막걸리 애호가였다. 일하다가 목마르면 막걸리 한잔하시고, 힘들 때도 막걸리 한잔, 심지어는 배고플 때도 막걸리를 마셨다. 수시로 부엌에 드나들며 마시고, 마루 끝에 걸터앉아 풋고추와 신 김치를 안주 삼아 마시면서 행복한 미소를 지으셨다. 밭에서 일하면서도, 나무 그늘 밑 논두렁에서도, 막걸리를 마시며 무더위를 달래고 고달픈 농사일을 견뎌 냈다. 냉장고가 없던 시절이었으므로, 더운 여름철에는 우물 속에 막걸리를 재워 놓곤 했다.

"시원해서 맛있다."

막걸리를 마시며 매번 하시는 말씀은 "아 시원하다", "아 맛있다"였다. 행복한 미소를 지으시던 아버지에게 막걸리는 힘의 원천이며 막걸리를 마시는 시간은 달콤한 휴식의 시간이었으리라.

믿는 사람은 '예수가 힘이요, 내 친구와 기쁨과 소망이 된다'고 찬송을 부른다. 하지만 아버지는 막걸리가 힘이요, 막걸리가 친구이며, 막걸리 마시는 것이 기쁨이자 소망의 시간이었다. 술기운으로 5천 평 이상의 농사를 지으시고, 9명의 자녀를 기르고 대학교에 보냈다.

그러므로 우리 집에는 막걸리가 365일 떨어지는 날이 없었다. 아버지가 막걸리를 사 오기도 했지만, 나와 동생들은 1km가 넘는 신작로를 걸어가 막걸리 주조장이나 막걸리 주점에서 막걸리를 받아 오는 심부름을 무르도록 했다. 특별히 남동생은 초등학교 1학년 때부터 막걸리 심부름을 도맡다시피 했다. 타고난 품성인지 남동생은 지금도 형제자매들의 심부름을 거절하지 않는다. 그래서 우리 집안의 감초 같은 존재다.

1977년, 내가 장로회 신학대학원 3학년 때였다. 아버지가 55세 되던 그 해 생일날 갑자기 교회에 나가시겠다고 선언했다. 그전에는 교회 다니는 것을 몹시 반대했다. 그러나 아버지는 교회에 다닌 이후 매일 마시던 막걸리를 단칼에 끊었다. 막걸리를 마시고 싶은 마음이 없어졌으며 몸이 안 받아들인다는 것이었다. 막걸리가 옆에 있어도 당기지 않는다고. 주변 사람들은 매일 마시던 사람이 술을 끊었다는 사실을 믿지 않았다.

"어디가 아픈 것 아니냐."

"잠시 그러다 다시 마시겠지."

"아마도 작심삼일일 게야."

하지만 아버지는 그 후로 쭉 막걸리를 마시지 않았다. 대신 커피를 즐겨 마셨다. 막걸리를 끊은 후 가정불화도 줄었다. 삶이 달라졌기에 마시는 것도 달라졌다. 유행가처럼 '막걸리 한 잔'에서 '커피 한 잔을 시켜 놓고'가 된 것이다.

아버지가 막걸리를 좋아할 때, 나는 커피를 좋아했다. 대학 다닐 때 MT에 가서 선배들이 강제로 술을 권할 때도 끝까지 마시지 않고 버텼다. 대학입학 후에 처음으로 지하다방에서 커피를 마시게 되었다. 마시는 방법을 몰라서 쓴 커피만 마셨다. 설탕과 프림이 옆에 있었지만, 그것을 어떻게 넣는지도 몰랐다. 아버지는 막걸리 대신 줄곧 다방 커피를 마셨다. 수시로 커피를 마시면서 카페인 기운으로 일했다. 어쨌든 기호음료가 막걸리에서 커피로 바뀌면서 집안 분위기도 달라졌다.

나는 1980년 군목으로 제대 인사를 다닐 때 가는 곳마다 커피를 대접받았다. 그 당시에는 커피를 내어놓는 것이 최고의 대접이었다. 그날 하루 대접하는 어르신들의 성의를 거절할 수가 없어서 커피 17잔을 마셨다. 입도 쓰고 배 속도 부글부글했다. 하지만 그런대로 견딜 만했다. 커피가 나에게는 맞는 음료 같았다.

일설에 의하면, 커피는 이슬람교에서부터 먼저 마시기 시작했다고 한다. 중세 가톨릭교회는 마귀의 음료라 하여 커피의 음용을 제한했다. 그런데 마셔 보니 맛도 좋고 중독성이 있어서 계속 마시게 되었다. 그래서 가톨릭교회는 커피에 세례를 베풀고 계속 마시게 되었다. '세례받은 거듭난 음료' 커피는 이제 전 세계인에게 사랑받는 최상의 기호식품이 되었다.

사람마다 음용의 기호가 다른 것 같다. 예수는 포도주를 마시며 교제했다. 심지어 가나안 결혼식에선 물로 포도주를 만들어 봉사했다. 택시운전사들은 주로 카페인이 많이 함유된 강장제(박카스)를 마신다고 한다. 각성효과가 있기 때문이다. 커피 또한 각성효과가 탁월하다. 최근 대형교회에서는 카페를 운영하며 교제 장소를 제공한다.

하지만 무엇을 마시느냐는 중요하지 않다. 무엇을 위해 마시느냐가 더 중요하다. 그것을 마시고 무엇을 하느냐를 생각해야 한다. 마시는 것으로 갈등하지 말고, 무엇을 먹었든 비판하지 말고, 조화롭게 살아야 한다. 무엇을 먹든지 마시든지 하나님의 영광을 위해서 일하면 된다. 먹고 마시는 것이 우리를 더러움에 물들게 하는 것이 아니다. 우리의 그릇된 편견에서 나오는 것이 더러운 것이며, 세상을 오염시키는 것이다. 자유롭게 먹되 절제하며 힘을 내서 책임과 사명을 다하면 그만이다. 커피 한 잔을 마시더라도 예수의 말씀대로 정신을 차리고 깨어 있어야 한다.

요즘 나는 하루에 세 잔의 커피를 마신다. 쓴 커피를 좋아한다. 커피를 마시기 위해 사는 것은 아니지만, 커피를 마시며 할 일을 생각하며 힘을 얻는다. 나는 아버지의 삶에서 떼려야 뗄 수 없을 것 같았던 막걸리가 사라지고 커피가 그 자리를 대신한 '사건'도 일면 기적이라 생각한다.

아버지와 커피. 커피와 더불어 아버지의 삶을 산 한 남자의 생을 생각한다. 커피잔을 보노라면 아버지가 떠오른다.

텔레비전에 가수가 "막걸리 한잔…." 노래를 부를 때면 막걸리 한잔 드시던 아버지의 모습도 더욱 생생하다.

아버지와 자전거

내가 초등학교 2학년 때, 순경이던 아버지는 전주의 평화동 파출소 (네거리 파출소)에 자전거를 타고 출근했다. 가끔 출근 시간과 등교 시간이 겹치면 아버지는 나를 자전거 뒷자리에 태워 주셨다. 자전거 뒷자리에서 아버지 허리끈을 꽉 잡고 있으면 신이 났지만, 때로는 넘어질까 불안했다. 1960년 안팎인 그 무렵의 도로는 돌들이 많아서 자전거를 타는 것도 요령과 경력이 필요했다. 자전거 바퀴에 돌이 걸리면 자전거는 사정없이 흔들렸다. 또 퉁퉁 튀어 올라서 엉덩이도 아프고, 자전거 페달을 밟는 아버지를 너무 힘주어 잡을 수도 없었다. 자전거 뒷자리에 타는 요령도 필요했다.

그때, 우리 동네에서 자전거가 있는 집은 우리 집뿐이었다. 자전거가 1970~1980년 무렵의 자동차만큼이나 귀한 시절이었다. 자전거는 편리한 이동수단이요, 짐을 나르는 수레 역할도 했다. 일명 짐자전거라 불리던 자전거는 뒷바퀴가 크고 앞 핸들은 튼튼했다. 짐자전거는 막걸리 주조장에서 막걸리를 배달할 때 요긴하게 사용했다. 또는 생선장수들이 상자를 뒷좌석에 싣고 이 동네 저 동네 다니는 이동점방 역할을 했다.

나는 아버지가 자전거를 마당에 세워 두면 자전거 페달을 손으로 돌리며 놀았다. 그러다가 토방 옆에 세워 두고 자전거에 올라타고서 핸들도 움직여 보고 짧은 다리로 엉덩이를 어기적거리며 짝 페달을 돌렸다. 그러다가 넘어져서 다리도 긁히고 자전거에 눌려 팔에 상처도 입었다. 그래도 아픈 줄 모르고 재미있게 놀았다. 아버지의 자전거는 나에게 값비싼 장난감이었다.

우리 집 자전거는 일본제여서 삼각 프레임이 다른 자전거보다 더 크고 안장 높이가 높았다. 그래서 어린 내가 타기엔 어려웠다. 삼각 프레임 속에 다리를 넣고 한쪽 손으로는 핸들을 잡고 한 손으로는 안장을 잡고 페달을 밟으면 자전거는 앞으로 쑥쑥 나아갔다. 무척 신바람이 났다. 그러다가 넘어지면 종아리와 허벅지에서 피가 흘렀다. 자전거를 안고 넘어지는 바람에 자전거에 눌려서 여기저기 아팠지만, 그런 것쯤은 아랑곳없이 자전거 놀이에 빠져 하루를 보냈다. 아버지의 자전거 때문에 하루하루가 재미있었다.

일 년 후 동네 언덕에 자전거를 끌고 가서 내리막길 탄력으로 짝짝이 페달을 밟으며 자전거를 배우는 즐거움을 누렸다. 어느 날엔 논두렁에 처박혔지만 크게 다치진 않았다. 나는 무섭지도 않고 아프지도 않고 재미만 있었다. 자전거 중독에 빠져 버렸다.

처음엔 간신히 마당을 돌다가 차츰 동네 길을 달렸다. 그때의 그 시원한 바람이라니. 동화 속을 달리는 것 같은 자유로움이 있었다. 나는 동네 아이들 가운데 제일 먼저 자전거를 탈 수 있는 자랑거리를 갖게 되었다.

아버지는 일본산 트랜지스터와 벽시계도 제일 먼저 사 오셨다. 그 시절엔 라디오에 막대기 같은 안테나가 달려 있었다. 그러나 트랜지스터

라디오는 간편하고 이동이 자유로웠다. 다른 집 벽시계는 시간마다 종이 울리지 않는 벙어리 시계였으나, 우리 집 시계는 시간에 따라 종소리가 울리고 30분을 알리는 종소리가 울리는 조금 특별한 시계였다. 그런 최신 생활용품은 동네 사람들의 구경거리가 되기도 했다.

아버지는 90세 무렵까지 자전거와 함께했다. 논밭에 갈 때도 타고, 가까운 은행에 갈 때도 자전거를 애용했다. 친구 만나러 갈 때도 자전거로 동네를 돌며 소일하셨다. 고향 집 마당에 자전거가 없으면 아버지가 부재중이고, 자전거가 있으면 아버지는 집에 계신 증표다. 아버지는 늘 자전거와 동행하는 분이었다.

나도 칠십이 넘은 요즘 아버지처럼 자전거를 탄다. 오래된 자전거를 교회 안에 놓고 오산 시장에 갈 때도 타고 은행에 들를 때도 자전거를 타고 간다. 시간이 나면 9km 오산의 하천 변 자전거 길을 달리며 흐르는 물과 오리들을 바라본다. 60년이 흐른 지금도 아버지와 자전거가, 자전거 뒷자리에서 아버지의 허리춤을 붙들고 등교하던 때가 자주 떠오른다.

아버지는 양로원에 가시면서 자전거와 이별하게 되었다. 아버지가 계시지 않는 집에서 자전거는 주인 잃고 저 홀로 늙어 가고 있다. 노쇠한 아버지와 오래되고 낡은 자전거가 서로 닮아 가는 것 같다.

나는 아버지의 자전거 때문에 어린 시절이 재미있고 신났다. 거리를 지나다가 낡은 옛 자전거를 보면, 저절로 발걸음이 멈춰진다.

나는 오늘도 아버지를 그리며 자전거를 탄다. 오산 시장도 둘러보고 은행도 가고 페달을 힘껏 밟는다. 고향 전주 시골마을, 아버지가 자전거를 타시던 길을 달리고 싶다.

삶의 피사리

햇볕이 따뜻해지고 봄비가 내리면 농부의 마음은 바쁘다. 논밭 갈이도 하고 물도 대어야 한다.

벼농사의 첫 번째 일은 못자리를 만드는 것이다. 요즘은 기계로 파종하기에 플라스틱 모판에 못자리를 만든다. 기계화되기 전에는 손으로 모를 냈다. 논 한쪽에 못자리를 몇 고랑 만든다. 못자리는 물을 대고 흙을 부드럽게 하고 1m 전후의 폭으로 모판을 만들고, 그 위에 며칠간 불린 볍씨를 뿌린다. 가을의 풍요로운 수확은 못자리 농사부터 시작된다.

못자리의 새싹이 10cm 전후가 되면 1차 피사리가 시작된다. 땅속에 있는 피의 씨가 싹이 나서 벼와 함께 자라기 때문에 그것을 뽑아내야 한다. 잡초나 피의 씨가 땅에 떨어졌다가 40년이 지난 후에도 싹이 난다고 어른들은 말씀하셨다. 어린 벼들 속에 피가 자라면 벼의 생육과 번성에 지장을 준다. 피는 늦게 싹이 나지만, 빨리 번식하고 강인한 생명력으로 벼의 영역을 점령해 간다.

벼와 피는 95% 이상 비슷하다. 족집게 피사리 꾼이던 나의 눈으로 벼와 피를 구분해 보면, 피의 몸체는 벼의 몸체보다 튼튼하고 굵다. 피는 벼의 잎사귀보다 약간 넓다. 피는 벼의 색깔보다 진한 녹색이다. 피는 잎줄기에 하얀 선이 있는데 벼보다 약간 굵고 희다.

피를 뽑으려면 허리를 숙이고 벼를 상하지 않게 피만 뽑아내야 한다. 나는 족집게 피사리 꾼이었다. 부모님은 피사리할 때마다 나를 데리고 갔다. 하지만 못자리 피사리는 한 번으로 끝나는 것이 아니다. 1차, 2차, 3차까지 한다. 그때마다 나는 지난번에 다 뽑았는데 왜 또 뽑느냐며 피사리를 하지 말자고 어깃장을 났다. 그러나 못자리에서 다시 보면 1차, 2차 때 보이지 않던 피가 자라 있다. 어린 족집게 피사리 꾼은 작은 피를 뽑을 때마다 힘은 들지만, 피를 뽑는 성취감도 크게 느꼈다. 그래서 일하는 보람이 있는 게 아닌가 한다.

"철수가 피를 잘 뽑네."

"실력이 어른보다 좋구나."

부모님의 칭찬이 큰 힘이 되었다. 거머리가 득시글대는 물 논에서 허리를 바짝 구부리고 피사리를 계속하다 보면, 다리도 아프고 허리도 결리고 목도 힘들고 눈도 아프다. 그러다가 허리를 한 번 펴면 무척이나 시원했다. 때마침 시원한 바람이 얼굴이라도 훑고 지나가면, 그 상쾌함은 이루 말할 수가 없다.

피사리 도중에 아버지는 논두렁에서 막걸리를 마시며 충전의 시간을 갖는다. 어머니와 나는 감자나 고구마로 새참을 먹었다. 김치와 함께 먹으면 꿀맛이 따로 없었다. 새참을 먹은 후 잠시 논두렁에 누워 하늘을 보면 구름도 날아가고 새와 비행기도 날아갔다. 나는 푸르디푸른 하늘을 보면서 노동의 수고를 잊곤 했다. 그러다가 잠시 꿀 같은 잠에 빠지기도 했다.

못자리에서 모를 쪄서 논에 옮겨 심은 후 모가 30cm 전후로 자라면 제2차 피사리를 한다. 못자리에서 뽑지 못한 피가 있거나 논바닥에서 새롭게 난 피가 벼 포기와 함께 자라기 때문에 골라내야 한다. 한 움큼의 모 포기 안에서 벼와 피가 생존경쟁을 한다. 이윽고 피는 사람의 손에서 뽑혀 나간다. 벼도 피도 승자가 아니다. 승자는 바로 부지런한 농부다.

피사리하다 벼 잎사귀에 눈이 찔리면 눈이 따끔하고 아찔하고 눈물까지 나온다. 피사리하다 물뱀을 만나면 그야말로 혼비백산이다. 나는 뱀이 너무 무서웠다. 소름이 끼치고 일할 마음도 싹 달아난다. 2차 피사리도 한 번에 끝나지 않고 2차 심지어 3차까지 할 때도 있다.

벼의 이삭이 나오고 익어 갈 즈음, 피는 더 빨리 자라서 벼들보다 한 뼘 이상 크게 자태를 드러낸다. 이때 논에 들어가서 낫으로 피의 목을 자른다. 그래서 피의 씨가 영글기 전에 잘라내야 다음 해에 피사리 노동을 줄일 수가 있다. 피를 잘라낸 논은 마치 이발을 한 것처럼 벼만 함초롬히 서 있다.

농부는 한 포기의 벼를 자라게 하고 한 알의 쌀을 얻기 위해 피와 피나는 전쟁을 한다. 나는 한 알의 쌀과 한 그릇의 밥이 얼마나 귀한 것인지를 몸으로 체득했다. 나는 농가에서 성장 과정을 겪으며 자연 친화적인 사람이 된 것 같다.

봄날 못자리에서 시작된 벼농사는 나락을 추수하는 기쁨을 안기며 끝이 난다. 아버지는 추수를 마치면 올해 농사가 잘되었다며 만면에 웃음을 띠셨다.

피사리가 어찌 논에서만 필요할까. 무릇 사람살이에서도 1차적으로 악한 생각을 뽑아내는 피사리가 필요하다, 2차로 악한 감정의 피사리도 해야 한다. 마지막으로 악한 의지를 제거하는 피사리도 우리의 삶에서 반드시 필요하다. 인생의 1차 피사리는 유소년기에 나쁜 습관을 갖지 않게 하는 것이다. 2차 피사리는 청소년기에 악한 행동을 하지 않게 하는 것이고, 3차 피사리는 성인이 되어서 사회의 암적인 존재가 되지 않도록 자기를 잘 다스리는 것이다. 국가나 사회공동체 안에서 부정부패가 자리 잡지 않게 하는 피사리도 필요하다.

예수께서는 곡식과 가라지의 비유 말씀을 했다. 여기서 가라지가 피에 해당된다. 예수도 피사리의 필요성을 인정하시고, 피는 뽑아내 불에 던진다고 했다. 마지막 날에 양과 염소로 구분하는 것도 최종적인 피사리이다. 예수는 우리의 근심 걱정, 스트레스, 괴로움, 불안, 절망도 피사리를 통해서 믿음, 소망, 사랑의 삶으로 옮겨 가길 바라셨다.

부모님과 함께했던 피사리를 통해 인생의 피사리를 생각할 수 있는 시간을 가질 수 있어서 감사하다.

어머니의 밍크이불

1979년 3월. 장로회 신학대학원 졸업 후 목사 안수를 받고 공군 군목으로 입대했다. 광주 육군 보병학교와 공군교육사령부에서 4개월의 훈련을 마치고 공군 군목 중위에 임관되었다. 초임 군목들은 높은 산 정상에 있는 레이더 기지부대로 임관됐다. 군종감실에서는 목사님들이 상의하여 임지를 결정하면 그대로 발령을 내겠다고 했다. 일곱 명의 군목들이 서로 교통이 좋은 곳과 주거지에서 가까운 곳으로 가기를 희망했다. 나는 제주도 레이더 기지를 신청했다. 그런데 그곳에 세 명이나 지원했다. 지원자 중에서 나만 미혼이었다. 나는 제주도를 포기하고 제일 어려운 곳에 가겠다고 말했다. 어디가 제일 어려운 곳인가 물었더니, 백령도라고 했다. 나는 그때까지 백령도가 어디에 있는지도 몰랐다. 지도를 보니, 서해안 위쪽 북한 바로 아래였다.

그때 백령도 교통은 오산비행장에서 장비를 운반하는 군용기를 타면 1시간 거리였다. 그리고 인천 연안부두에서 새벽 6시에 출발하여 오후 6시에 도착하는, 12시간이나 걸리는 배편이 있었다. 배편은 일주일에 두 번 운행되었다. 그것도 날씨가 좋지 않으면, 일주일 내내 배가 뜨지 않는다. 마지막 교통편은 아주 드물게 운행하는 해군의 물자수송선인

LST를 타는 것이었다. 수송선을 타는 것이 시간상 가장 오래 걸린다.

백령도에 들어가던 해에 10.26 비상사태가 발생했다. 이듬해에 5.18 광주 민주화항쟁이 발발했다. 휴가를 다녀온 광주 출신 장교들에게 그 실상을 세세히 듣게 되었다.

나는 부모님께 서해바다 최북단에 있는 백령도에 가게 되었다고 했다. 어머니는 북쪽이라 춥겠다며 전주 남문시장에서 제일 크고 두꺼운 밍크 담요를 사 오셨다. 그때는 밍크이불이 한창 유행이었다. 밍크처럼 부드럽고, 약간 노르스름한 따뜻한 색깔이었다. 나는 백령도에 밍크이불을 들고 갔다. 어머니 덕분에 백령도에서의 임기를 따뜻하게 마쳤다.

이 밍크이불은 군산으로 발령이 났을 때도 나의 잠자리를 지켰다. 제대 후 부목사시절엔 하숙집에서도 잘 덮었다. 교회 사택에서 살 때도 밍크이불의 따뜻함을 계속 누렸다. 군목 입대하고 결혼하기 전까지 10년 동안 어머니의 밍크이불의 따뜻함을 누렸다. 결혼 후 그 밍크이불을 더 사용하지 않았으나, 버릴 수가 없었다. 그 후 밍크이불은 장롱 속에서 오랫동안 겨울잠을 잤다.

1999년 오산에 교회를 개척하고 예배당을 건축하게 되었다. 수도관을 묻고 계량기를 설치했는데, 그곳이 움푹 들어갔다. 수도관 계량기 동파방지용 덮개가 필요했다. 장롱 속에서 잠자던 밍크이불을 깨워 수도관 계량기를 덮었더니 안성맞춤이었다. 그 후 밍크이불은 20년이 넘도록 수도계량기를 덮어 줌으로써, 겨울에도 동파 사고 한 번 없이 교회에 물 공급을 하는 온돌 역할을 했다.

밍크이불은 내가 27살 때부터 71세인 지금까지 44년 동안 쓰임을 받고 있다. 지금은 색깔도 많이 변하고 털도 부들부들함이 덜 하지만 나에게는 여전히 어머니를 생각나게 하는 이불이다. 물건이 오래되고 낡으면 대부분 버리게 된다. 하지만 낡은 물건에는 추억과 나름의 의미가 축적되어 있다. 추억은 삶과 연결되기에 결코 쓰레기가 될 수 없다. 어머니의 밍크이불은 44년간 버림받지 않고 쓰레기로 버려지지 않고, 지금까지 필요한 곳에 사용되고 있다. 그때 생산된 밍크이불들은 어쩌면 수명을 다해 사라졌겠지만, 어머니가 사 주신 밍크이불은 지금까지 교회 수도관 계량기를 껴안고 살고 있다.

2023년 1월 기온이 영하 17도까지 내려갔다. 내 평생에 제일 추운 겨울이었다. 교회의 주방 수도꼭지가 얼어서 수도관 계량기를 잠시 잠가야 했다. 계량기 박스를 열었더니, 어머니의 밍크이불이 계량기를 감싸고 있었다. 그렇게 추운데도 계량기는 얼지 않았다. 나는 내 아들에게 이 밍크이불이 백령도에 갈 때 할머니가 사 준 것이라고 말해 주었다.

나는 2023년 12월에 목회일선에서 은퇴했다. 내가 은퇴해도 어머니의 밍크이불은 교회 수도관 계량기와 함께 사명을 다하는 이불이 되기를 바란다.

나는 오늘 밍크이불과 더불어 하늘에 계신 어머니를 만나고 있다. 이것은 나만의 비밀한 교감이다. 비밀을 많이 간직한 자가 추억 부자가 아닐까.

감 서리

우리 집 뒤뜰에는 오래된 단감나무 한 그루가 있다. 당시에는 단감나무가 귀하여 다른 친구들의 부러움을 샀다.

"단감이 진짜 안 떫고 맛있냐?"

"나도 우리지 않은 단감 한 번 먹고 싶다."

우리 집은 동네 한가운데 있어서 다른 사람들이 감을 몰래 따 먹을 수도 없었다. 가을 운동회 날도 단감은 다른 사람들의 부러움을 샀다. 초등학교 6학년 졸업 여행을 장항제련소로 갔다. 그때도 단감을 맛있게 먹었다. 단감나무가 없던 다른 집은 떫은 감을 우려서 가져왔다. 우리 조상님 중에 누가 단감나무를 심었는지 확실히 알 수는 없지만, 단감나무 한 그루로 후손들은 톡톡히 덕을 보고 살았다.

초등학교 4학년 때였다. 어느 날 동네 골목에서 친구들과 놀다가 담장 너머로 뻗은 대봉 감나무에 붉은 감이 주렁주렁 달린 것이 눈에 띄었다. 우리 집 단감보다 훨씬 크고 붉어서 보기에도 먹음직스러웠다. 개구쟁이 친구들은 이심전심 담장에 올라가 감 서리를 했다. 일부 감나무 가지가 부러졌다. 그때 마침 주인이 그 광경을 보고 소리쳤다. 우리는 빠르게 꽁무니를 빼고 다른 골목의 친구 집 대문 뒤에 숨죽이고 앉아서 무사하기를 바랐다. 주인은 이 골목 저 골목을 찾다가 우리가 숨어 있는 골목까지 왔다.

"이놈들 봐라, 여기에 다 있네."

우리는 고양이 앞에 쥐 같은 신세였다. 쥐구멍이라도 있으면 들어가고 싶었다. 모두 얼굴을 들지 못하고 머리를 푹 숙이고 있었다. 주인은 떫어서 먹지도 못할 감을 왜 따느냐고 다그쳤다. 다른 친구들은 아무 말도 하지 않았다. 그런데 철이 없던 나는 먹고 싶어서 땄다고 말대꾸를 했다.

"이놈 봐라. 먹고 싶어서 땄다고? 솔직해서 좋다."

주인은 잠시 할 말을 잊은 듯했다.

"그래, 먹고 싶어서 땄으면 어서 먹어라. 그런데 또다시 감을 따면 그때는 용서하지 않는다."

종아리 몇 대 맞을 각오를 했지만, 위기를 넘긴 우리는 아무 일 없던 듯 계속 놀았다. 얼마 후, 우리 집에 동네 어른들 십여 명이 일을 마치고 마루에서 저녁 식사를 할 때였다. 감나무 주인이 감 서리 이야기를 했다. 그 말을 들은 부모님은 몹시 당황했다.

"아, 글쎄 쥐방울만 한 녀석들이 감나무를 분지르며 서리한 것도 모자라 저쪽 끝 집까지 도망치더니, 대문간에 오글오글 숨어 있지 뭐여. 그래서 왜 익지도 않은 감을 땄느냐고 다그쳤지. 그러자 딴 놈들은 꿀 먹은 벙어린디, 철수가 먹고 싶어 땄다 안 허요. 내 그 말을 들으니 어린 맘에 얼매나 먹고 싶어 그랬을까 싶어 혼내질 못하것드만요."

함께 식사하던 일꾼들은 한바탕 웃었다. 나는 그 말씀을 듣고 후련한 마음이 들었다. 솔직하면 문제가 해결되는구나 생각했다. 부모님도 그 사건에 대해 아무 말씀도 하지 않으셨다.

솔직함이 문제를 해결하고 용서를 받는 길이 되었다. 아담과 하와는 선악과를 따 먹고 두려워서 동산 나무 가운데 숨었다. 하나님이 찾아오셔서 '왜 숨었느냐. 왜 선악과를 따 먹었느냐.' 물었다. 그러나 그들은 솔직히 고백하지 않아서 죄의 대가를 치르게 되었다.

거짓말을 한 번 하면 그 거짓말을 덮기 위해서 30개의 거짓말을 해야 한다는 말이 있다. 거짓은 거짓을 낳는다. 거짓으로 진실을 덮을 수는 없다. 처음부터 진실을 고백하는 것은 회개이며 문제를 해결하는 길이다. 그래서 하나님은 회개의 진실을 요구하고 진실한 회개를 원하신다.

바리새인과 세리가 성전에 들어가서 기도했다. 바리새인은 자신의 자랑과 자신의 공을 내세우는 기도를 했다. 반면에 세리는 죄인으로서 자비를 구하는 기도를 했다. 하나님은 죄를 솔직히 고백한 세리를 의인이라 했다. 완전 범죄자를 꿈꾸는 자가 의인이 아니다. 죄를 고백하는 자가 의인이다. 예수는 죄인을 찾아 죄인의 고백을 듣고 용서하시는 분이다. 그래서 회개하라고 말씀하셨다. 이것이 하나님께 용서받는 길이고 새로운 생활로 나가는 일이다. 진실은 앞길을 열어 주고 핑계는 앞길을 막는다.

나는 어린 시절의 감 서리를 통해 지혜를 얻었다. 진실은 감나무 주인과 부모님을 웃게 했다. 하나님을 웃게 하고, 자신이 자유롭게 되는 길은 솔직함에 있다.

물론 우리 집 단감으로 만족했더라면, 다른 집 대봉감은 탐낼 필요가 없었다. 이제는 먹고 싶어서라는 고백으로는 용서되지 않는 지긋한 나이가 되었다. 그때 용서를 배운 사람으로서 만족하고 절제하는 삶을 살고 싶다. 감 서리를 용서했던 그 아저씨의 어른다운 마음을 닮고 싶은 어른으로.

지혜와 지식

내가 어릴 때 전주지방의 복숭아가 유명했다. 우리 마을은 논이 너르게 펼쳐진 평야의 중심부에 있었다. 동리 10리 전후 산자락에는 복숭아 과수원들이 있었다. 복숭아 과수원 일은 논농사보다 일찍 시작된다. 복숭아 잎이 싹트기 전에 가지도 잘라 주고, 농약도 뿌리고 거름도 듬뿍 주어야 한다. 그리고 매실보다 큰 복숭아 열매가 맺히기 시작하면 열매 솎아 내기를 한다.

어머니는 이 시기에 복숭아 과수원에서 열매를 솎아주고 그것을 한 소쿠리씩 얻어 왔다. 풋풋한 어린 복숭아다. 간식거리가 없던 시절 풋복숭아도 훌륭한 간식거리였다. 어머니가 9남매의 먹을거리를 위해 남의 집 일을 해 주고 가져온 복숭아. 복숭아가 좀 더 익어 갈 때는 상한 복숭아나 미처 솎아주지 못한 복숭아를 가져왔다. 풋복숭아보다 더 맛있었다. 나는 복숭아 먹는 재미에 어머니가 복숭아 과수원에 자주 가서 일하시고 복숭아를 가져오기를 바랄 때도 있었다. 어머니가 힘들게 일하신다는 생각을 해 본 적이 없던 철부지였다.

7월이 되면 복숭아를 수확한다. 색깔이 좋고 큰 복숭아는 나무상자에 담겨 대형 화물트럭에 집채만큼씩 실려 한밤에 도시로 갔다.

벌레 먹거나 상한 복숭아는 예쁜 과실보다 더 맛있다. 어머니는 그런 복숭아를 얻어 오거나 값싸게 사 오셨다. 나는 단물이 줄줄 흐르는 무른 복숭아를 마루 끝에 걸터앉아 배가 부를 때까지 먹곤 했다. 배가 고파서 먹는 것이 아니라, 배가 불러도 맛있어서 더 먹었다. 어머니는 벌레 먹거나, 상처 난 복숭아를 가리지 않고 먹을 수 있는 기억을 심어 주셨다.

몇 년 전 전주 시장에서 못난이 복숭아를 찾다가 발길을 돌렸다. 어느덧 풍요로운 시절이어서 그런 복숭아는 팔지도 사지도 않았다.

나는 어머니를 위해 딱 한 번 과일을 샀다. 군복 시절 전주 남문시장에서 나무상자에 담긴 최상품 딸기를 한 상자 샀다. 딸기 한 상자를 사면서 내심 기뻤다. 딸기 상자를 오토바이 뒤에 싣고 단단히 묶었다. 그리고 시동을 힘차게 걸고 요란한 소음을 내며 신나게 달렸다. 집까지는 10여 리가 넘는 비포장 길이었다. 오토바이는 덜컹대며 순식간에 집에 도착했다.

아뿔싸!

딸기 상자에선 딸기의 진액이 흘러내리고 있었다. 딸기가 피를 흘리고 있었다. 나이만 먹고 철없는 아들은 그것을 예상치 못하고 씽씽 달려온 것이다. 환한 웃음으로 반기시던 어머니는 딸기 상자를 보시더니 몹시 안타까워하셨다. 딸기는 성한 것이 몇 개 없었다. 어머니는 비싼 딸기가 다 망가졌다고 속상해했다. 딸기를 씻으니 대부분 흘러내리고 먹을 것이 없는 딸기 상자가 되었다. 딸기를 살 때의 마음은 뿌듯했는데, 갑자기 마음이 초라해졌다. 어머니는 벌레 먹거나 상처 난 복숭아나 풋복숭아도 맛있게 만드는 지혜가 있었다. 그러나 아들에겐 싱싱하고 온전한 딸기를 먹을 수 없게 만드는 무지가 있었다. 어머니는 배움은 적었으나 새롭게 탈바꿈시키는 생활의 지혜가 있었다. 대학을 나온 아들은 지식은 있으나 지혜롭지 못했다.

요즘도 복숭아꽃이 피거나 길거리에서 파는 복숭아를 보면 벌레 먹은 복숭아가 생각난다. 달고 맛있는 복숭아의 기억이 60년 세월을 넘어서 온다. 또한 시장이나 마트에서 싱싱한 딸기를 보면 어머니 생각이 난다. 나의 어리석음도 떠오른다. 벌레 먹은 복숭아와 싱싱했던 딸기. 어머니의 지혜와 사랑이 아들의 배움과 지식보다 위대하다.

신체발부 수지부모

꼭꼭 숨어라. 머리카락 보일라.

숨바꼭질할 때에도 머리카락이 문제인 것 같다. 어른인 나도 머리카락이 문제다. 내 머리는 수세미같이 뻗치는 머리카락이다. 머리카락이 뻣뻣해서 말을 잘 듣지 않는다. 초등학교에 다닐 때는 빡빡 머리였기 때문에 머리카락에 대한 고민이 없었다. 중고등학교 시절에는 짧은 머리였기 때문에 크게 걱정을 안 했다. 대학에 입학하고 머리를 기른 후 말을 잘 듣지 않는 머리카락 때문에 골치가 아팠다. 머리가 아주 짧으면 문제 되지 않았다. 길어도 괜찮았다. 머리가 길면 그런대로 말을 잘 들어서 관리하기 쉬웠다. 그런데 머리칼이 어정쩡한 길이면 뿔처럼 뻗친다.

이발소에서 머리를 자르면 왠지 보기가 좋지 않았다. 머리를 자르고 사진을 찍으면 늘 마음에 들지 않았다. 잠을 자고 나면 머리에 뿔이 사방으로 뻗쳐서 불편했다. 나에게 좋은 이발사는 내 옆머리 쪽을 삐쭉거리지 않게 곡선으로 잘 잘라 주는 사람이었다. 1970년대 초에는 스프레이나 헤어젤과 헤어드라이어 같은 용품이 일상화되지 않았다. 그래서 모발 관리가 쉽지 않았다. 내가 제일 부러워한 사람은 말 잘 듣는 머리카락을 가진 사람이나 곱슬머리였다. 이발하거나 머리를 감고 그 냥 넘기면 그 방향대로 넘어가는 머리카락. 신경 쓸 것도 없고 멋있기까지 했다.

나는 모발을 기르기 시작했다. 머리카락이 길게 되니, 나름대로 말도 잘 들어서 모양내기도 쉽고 관리가 편했다. 그런데 1970년대 초에는 장발 단속이 있었다. 단속에 걸려서 장발을 잘리고 교생실습을 나간 적도 있었다.

1979년 공군 군목으로 입대했다. 이때부터는 군인 머리를 했다. 말을 안 듣는 머리가 군인 머리로는 그만이었다. 군대에 있는 동안 머리카락 때문에 고민하지 않았다. 제대 후 또다시 모발 관리가 쉽지 않았다.

이제 시간이 흘러 71세가 되니, 젊은 시절보다는 머리카락이 말을 잘 듣는다. 이 나이가 되어 보니, 머리카락의 강하고 약함의 문제는 문제가 아닌 것 같다. 머리카락이 얼마나 희고 검으냐가 문제가 된다. 머리 숱이 많은가 적은가가 더 중요했다. 나는 동년배들보다 흰 머리가 적고 머리숱도 많은 편이다. 그래서 또래보다 훨씬 젊게 보인다는 말을 자주 듣는다. 젊어 보인다는 소리를 들으면 기분이 매우 좋다. 사람들은 종종 흰머리가 없고, 머리숱이 많은 비법이 무엇이냐고 내게 묻는다.

내 머리카락이 아직도 희지 않고 숱이 많이 남아 있음은 하나님의 은혜와 조상님 덕분이다. 우리 아버지는 93세의 일기로 돌아가실 때까지 다른 사람들보다 흰머리가 적었고 머리카락도 풍성했다. 우리 아홉 명의 형제들이 건강하게 살고 있는 것도 부모님의 은혜이며 축복이라 여긴다. 건강하게 태어나서 건강하게 살며 부모님보다 먼저 가지 않은 것도 부모님의 은혜다.

어머니는 늘 아홉 명의 자식을 한 명도 앞세우지 않았으니 복받은 할머니라고 스스로 이르셨다. 어머니가 돌아가신 지 16년이 되고 아버지가 우리 곁을 떠난 지도 9년이 되었다. 그런데도 아홉 명의 자식들과 며느리와 사위와 심지어는 손자·손녀들까지 한 명도 세상을 등진 사람이 없으니, 하나님의 축복이며 부모님의 은덕이다. 나는 지금까지 병원에 입원하거나 수술한 적이 없다. 또한 성인병도 없다. 이 모든 것이 하나님의 은혜이며, 부모가 물려준 소중한 자산이다.

예수가 머리카락에 대해서 말씀하셨다. 하나님은 사람들의 머리카락까지도 낱낱이 다 세고 계시는 분이다. 머리카락 하나까지 다 세듯 세세히 돌보고 관심을 보이는 분이다. 나는 오늘도 머리를 감고 빗으며, 내 머리카락을 보호하시는 하나님을 의지한다.

부전자전

    다세대 주택이나 아파트에서 살면 발뒤꿈치를 조심해야 한다. 쿵쿵거리며 걷거나 뛰어다니면, 아랫집과 소음 분쟁이 일어난다. 층간소음은 소송으로까지 이어지는 사회적인 문제가 된 지 오래다.

    그러나 우리 아버지의 발뒤꿈치는 그런 문제가 아니었다. 항상 흙과 함께 살면서 생긴 문제다. 일하다 보면 맨발로 일할 때도 있고, 장화나 신발을 신어도 흙이 들어가기 마련이다. 농사를 짓다 보면 종일 몸에 흙을 묻히고 산다. 그러다 보니 발뒤꿈치는 거칠어지고 굳은살이 생긴다. 발꿈치 굳은살이 오래되면 갈라지고 터진다. 아버지는 갈라진 발꿈치에서 피가 나면 걷기도 힘들다고 하셨다. 발꿈치뿐만 아니라 손바닥과 손가락도 발꿈치 못지않게 갈라져서 터지고 거친 굳은살로 변해 버렸다.

    아버지는 하루 일이 끝나면 저녁 시간에는 터진 발꿈치를 관리했다. 거친 돌로 문질러 각질을 벗겨 내고 때로는 작은 칼로 굳은살을 깎아 냈다. 그리고 그 거친 발에 바셀린을 바르고 잠자리에 든다. 아침이 되면, 발꿈치가 부드러워지고 상처도 약간 좋아졌다고 하셨다. 새벽이 되면, 아버지는 양말을 신고 다시 논밭으로 나가신다. 흙과 각질도 농부의 숙명인가 보다. 아버지는 날마다 갈라지는 손과 발꿈치와 전쟁을 벌였다. 안티프라민이나 바셀린을 발라도 소용이 없다. 때로는 각질로 인한 상처에 반창고를 붙였다. 갈라지고 터져서 피가 나는 발꿈치. 굳은살 가득하던 손마디 위에 반창고를 붙인 아버지의 손. 사람의 신체 중에 얼굴 못지않게 손발은 중요하다. 역할도 많다.

나도 나이가 들자 발꿈치에 각질이 생기기 시작했다. 흙일은 하지 않으니, 손은 깨끗하다. 겨울에는 발바닥 무좀 때문에 각질이 생기고, 굳은살이 생긴다. 관리하지 않으면 갈라지고 터져서 피가 나고, 걸을 때 통증을 느낀다. 나도 아버지처럼 칼로 긁어내고 바셀린을 듬뿍 바른다. 나에게는 얼굴 못지않게 발꿈치 관리가 중요한 일이 되었다. 아버지가 살아 계셨다면, 요즘 발 관리법을 가르쳐 드렸을 텐데.

예수는 제자들의 발을 씻어 주며, 서로 사랑하라고 당부했다. 막달라 마리아는 예수의 발에 향유를 붓고 눈물로 적시며 머리를 풀어서 닦았다. 죄인을 대속하기 위해 못 박힐 예수의 발에 경의를 표한 것이다. 그 같은 의식을 낭비라고 비판한 유다에게 예수는 '그가 내게 좋은 일을 했느니라.'고 일침을 놓았다.

발은 중요한 일을 많이 한다. 제일 낮은 곳에 있으면서 온몸을 지탱해 주는 주춧돌 역할을 한다. 온몸을 떠받치는 수고를 하고, 가장 낮은 곳에 있으면서도 높아지려고 하지 않는다. 발을 높이는 순간 인생은 뒤집히게 된다. 발은 가장 힘든 무게를 지고 있으면서도 힘들다고 하지 않는다. 발은 더러운 곳에 노출되어도 피하지 않고 본연의 길을 간다. 그러므로 씻어 주고 사랑하고 차별하지 않아야 한다.

나는 발과 얼굴을 같은 수건으로 닦는다. 가족은 얼굴 수건으로 발을 닦는다고 지적한다. 그러나 나는 깨끗하게 씻었으니, 똑같이 깨끗해서 괜찮다고 한다. 얼굴과 발을 다른 수건으로 닦는 것은 자기 신체에 대한 차별 행위이다.

야곱은 형의 발뒤꿈치를 잡고 태어났다 하여 붙여 준 이름이다. 야곱은 살면서 형의 발꿈치를 잡고 여러 번이나 반칙과 변칙의 삶을 살았다. 하나님은 잠언을 통해 신체의 각 부분에 대해 말씀했다. '하나님이 싫어하는 것은 교만한 눈과 거짓된 혀와 무죄한 자의 피를 흘리는 손과 악한 계책을 꾀하는 마음과 빨리 악으로 달려가는 발'이라 했다. 사람은 삶의 발꿈치로 선을 향해 달려가고, 부지런히 일터로 나서야 한다.

축구 선수의 발, 발레리나의 발, 달리기 선수의 발, 아장아장 걷는 아이의 발, 복음 전하는 자의 발, 농부의 발, 상인의 발, 노인의 발, 세상의 모든 발을 묵상하며 아버지의 거친 발을 생각한다.

인간의 걸음걸음은 발에서 시작되고 발에서 끝난다. 베드로는 나면서부터 앉은뱅이인 사람의 다리를 고쳐 줌으로써, 그에게 발로 걷고 뛰는 기쁨을 알게 해 주었다.

하루의 일과를 마친 나는 오늘도 발뒤꿈치를 씻고 주무르면서 수고했다고 위로한다. 이 같은 몸 명상은 아버지의 발꿈치에서 시작된 것이다. 사소한 것 같은 이러한 일상도 묵상의 재료가 되니, 감동이다.

　　　　　　　　　　　　　　　　　　　　어머니의 밍크이불

기다림의 세대교체

대부분의 기다림은 즐겁다. 물론 지루한 기다림도 있고, 차라리 오지 않았으면 하는 기다림도 있다. 어린 시절 명절을 기다릴 때나, 연인을 기다리는 시간은 즐거운 시간이었다. 제대를 앞둔 군인이 할 일 없이 제대 날짜만을 하루하루 기다리는 것은 다소 지루하다. 입시를 앞둔 학생이 시험날짜를 헤아리는 것은 두렵고 떨리는 시간이다.

나는 어릴 때 외가에 다니러 가신 어머니를 눈이 빠지게 기다리곤 했다. 외가는 십여 리 떨어진 곳에 있었으며, 차편이 없어 걸어서 왕래했다. 1960년대에는 신작로도 거칠고, 버스도 하루에 한두 번 운행하는 게 보통이었다. 그래서 하루해가 넘지 않는 웬만한 거리는 걸어 다녔다. 어머니가 외가에 가는 날은 제삿날과 외할아버지 외할머니의 생신 때 같은 특별한 날이었다. 어머니는 아침 일찍 가시곤 했다. 우리는 저녁을 일찍 먹고 동네 입구에서 놀면서 어머니가 돌아오기를 학수고대했다. 저녁이 되면 TV도 없고 특별히 할 일도 없기에, 동네 친구들과 놀면서 어머니를 기다렸다.

그때 엄청나게 날아다니던 반딧불을 잡아 종이봉지에 넣고는 이것을 손전등 삼아 비추며 기다리는 지루함을 달랬다. 때로는 등불을 들고서 어머니가 오시는 길을 밝히기도 했다. 얼마 후 손전등이 생긴 후에는 어머니를 마중하는 게 더 행복해졌다. 어머니를 기다리는 시간은 힘들지도 않고 지루하지도 않았다. 밤은 깜깜했으나, 어머니가 돌아오실 시간이 다가올수록 내 마음은 부풀었다.

멀리서 말소리가 들리거나, 저녁 어둠을 흔드는 기척이 들리면 엄마냐고 소리친다. '엄마다.' 답하시면 쏜살같이 달려가서 매달렸다. 어머니가 머리에 이고 온 보따리가 클수록 기분은 더 들떴다. 어머니의 보따리엔 제사음식이나 잔치음식 외에도 옥수수나 사탕이나 과자가 그득 들어 있었다. 그날은 기다린 보람이 있고, 먹는 즐거움이 큰 날이었다. 어머니를 기다리던 저녁은 돈으로 살 수 없는 행복이 있었다.

하교하여 집으로 돌아왔을 때 어머니가 계시면 무조건 좋았다. 행여 어머니가 계시지 않으면 동네 이 집 저 집을 기웃거리며 보물을 찾듯 어머니를 찾아다녔다. 자식이 어머니를 기다리는 것은 생존을 위한 것이다. 어머니가 자식을 찾는 것은 살리기 위한 모정이다.

나는 대학 졸업 때까지 부모님 집에 살면서 어머니를 기다리며 살았다. 졸업 후 서울로 올라간 후부터는 어머니가 자식을 기다리는 시간이 되었다. 9남매가 장성하여 하나둘 결혼하고 또 직장을 찾아 어머니 곁을 떠난 후에는 어머니가 자식을 기다리게 되었다. 기다림의 세대교체가 된 것이다.

결혼 전의 내가 서울에서 집에 내려간다고 기별하면, 어머니는 언제 오는지 시간을 묻고 마을 어귀에서 기다리셨다. 그 옛날 우리가 어머니를 기다리던 것처럼. 장성한 자식들이 모두 결혼한 후에도 음식을 푸짐하게 장만하고 기다리셨다. 음식 준비하시느라, 몸은 바쁘지만 마음은 기쁘다. 명절이나 부모님의 생신날은 집안 잔칫날이다. 아홉 배의 기다림과 만남이 이루어진다. 서로 선물을 내어놓고 만남과 기다림을 공유한다. 어머니는 정성이 담뿍 담긴 전이나 음식을 내놓는다.

결혼 전에는 자식이 부모를 기다린다. 자녀들이 결혼한 후에는 부모가 자식을 기다리는 시간이 시작된다. 부모는 자식을 평생 기다리면서 살고, 죽을 때도 자식을 기다린다.

긴 기다림과 짧은 만남의 시간이 끝나면, 부모님은 각종 음식과 농산물을 바리바리 싸 주신다. 장남인 나에게는 다른 자식들보다 뭐든지 배로 주셨다. 때로는 다른 자식들이 서운해할까 하여 몰래 싸 주셨다. 그러나 형제들도 다 알고 있는 공공연한 비밀이었다.

기다림은 이별로 변하고 또 다른 기다림이 되어 간다. 부모가 돌아가시고 나면, 자식은 부모를 기다릴 수 없다. 우리 고향 전주의 옛집은 그대로지만, 이제 자식을 기다리는 어머니는 없다. 믿음을 안고 돌아가신 어머니는 하늘나라에서 자식들이 돌아오기를 기다린다.

우리에겐 또 다른 기다림이 있다. 어머니와 아버지가 돌아가신 날은 자식들이 돌아오기를 기다리는 시간이다. 1월 3일에는 아버지가, 5월 27일엔 어머니가 기다리신다. 우리 9남매는 일 년에 두 번, 부모를 기리며 나이 들어가고 있다.

하나님 아버지는 집 나간 탕아가 돌아오기를 기다리신다. 대문을 열어 놓고 마음을 활짝 열고 기다리신다. 큰 잔치 준비를 하고서. 주일은 우리가 하나님을 기다리는 것이 아니라, 우리를 기다리는 하느님을 만나러 가는 시간이다. 하나님은 인간의 문제를 해결해 주시려고 오늘도 기다리신다.

어머니의 밍크이불

2장

어머니의 여름

그리운 고향

우리 집에는 항상 농사일이 많았다. 오천여 평의 농사를 짓느라 항상 일이 넘쳤다. 날마다 일을 해내지만, 할 일은 날마다 움튼다. 머슴도 두었지만 일은 줄어들지 않았다. 집안일도 항상 많았다. 아홉 명의 자식이 있으니 벗어 놓은 빨래도 산더미였다. 세탁기가 없던 시절이어서 몇 배나 힘들었다. 밥도 가마솥에 지어야 했다. 반찬도 식당처럼 많이 만들었다. 부모님은 또 집 밖 일과 집안일로 항상 일 속에 묻혀 살았다.

고구마 줄기 김치 담그는 일은 손이 많이 간다. 그 시절 고구마 줄기 김치는 전라도 사람들만 알고 다른 지역의 사람들은 알지 못했다. 수원에 살던 나의 아내도 고구마 줄기 김치를 결혼 후에 알게 되었다. 김치 맛을 본 아내는 맛있다고 감탄했다.

고구마 줄기를 밭에서 따는 것은 그리 어렵거나 힘들지 않다. 문제는 고구마 줄기를 벗기는 일이다. 줄기 하나하나 껍질을 벗겨야 한다. 벗기는 것도 요령이 있다. 요령을 알면, 다른 사람보다 쉽게 벗길 수 있다. 줄기가 시들기 전에 탱탱할 때에 벗겨야 한다. 대형 소쿠리에 담긴 고구마 줄기를 온 식구들이 벗기기 시작한다. 껍질이 쫙쫙 벗겨질 때는 기분이 통쾌했다. 서로 누가 많이 벗겼는가를 경쟁하는 날이면 기분 좋게 끝난다. 그런데 누구 한 사람이라도 안 벗기려고 꾀를 부릴 때는 너도나도 요령을 피운다. 어머니는 김치를 담그면 잘도 먹으면서 왜 안 벗기려 하느냐고 목소리를 높인다. 성경에도 '일하기 싫어하거든 먹지도 말게 하라.'고 했다. 어머니는 성경 구절은 몰랐으나, 그 뜻을 알고 있었다. 고구마 순 줄기 김치를 담그면, 양이 적은 데 비해 맛있어서, 빨리 없어진다.

'철수가 많이 벗겼네.' 어머니가 칭찬하시면, 기분이 좋고 행복했다. 칭찬은 고래도 춤추게 한다. 칭찬은 힘을 내게 한다. 하지만 고구마 줄기를 벗기면, 손톱과 손가락이 온통 새까맣게 물들었다. 거친 돌이나, 시멘트 바닥에 문지르면 좀 아프기는 하지만 적당히 깨끗해진다. 봉숭아 물 들인 손가락보다 예쁘지는 않지만, 어머니를 도운 손톱과 손가락이기에 좋았다.

우리 집에선 고구마 줄기 벗기는 작업이 가족 공동의 울력이었다. 이외에도 완두콩 따기와 파를 손질하는 일도 함께했다. 어렸을 때는 줄기를 벗기는 일을 하고 싶지 않았다. 하지만 그 시절로 돌아가서 고구마 줄기를 다시 한번 벗겨 보고 싶다. 형제들과 아웅다웅하며.

고구마 줄기 김치는 바쁜 어머니 혼자서는 담글 수 없는 김치였다. 가족이 함께 담그고 함께 먹는 가족 김치였다. 그 김치는 어머니를 생각나게 하는 음식이다. 9남매를 떠올리는 추억의 음식이다.

예수는 제자들에게 '나는 포도나무이고 너희는 가지다. 너희가 나를 떠나서는 아무것도 할 수 없다'고 말씀하셨다. 이 말씀 따라 어머니는 고구마이고, 아홉 명의 자녀들은 고구마 줄기 같다고 생각했다. 어머니를 떠나서 우리 자녀들은 아무것도 아닌 것이라고.

단감이 익어 가던 고향 집

우리 집은 30여 호가 사는 동네의 한복판에 있었다. 옛날에는 그런 집이 터가 좋은 집이라고 인식했다. 바람도 막아 주고 사방이 집들로 둘러싸여 있기에, 도둑이나 낯선 사람이 들어와도 곧바로 도움을 청할 수 있었다. 1960년대에는 끼니를 거르는 사람들이 많은 시절이어서 시골에서 쌀이나 솥단지 같은 살림살이를 훔쳐 가는 좀도둑이 많았다. 지금은 도로변의 집이 더 비싸고 사람들이 좋아한다. 투자가치가 좋기 때문이다.

우리 집 뒤뜰에는 살구나무와 단감나무가 한 그루씩 있었다. 1960년대만 해도, 감나무가 귀했다. 동네 사람들은 우리 집 단감나무를 부러워했다.

우리는 단감 꽃이 떨어지는 늦봄에 단감 꽃을 주워 먹었다. 그리고 어린 단감이 떨어지면, 장독대 옆에 놓아 두고 떫은맛이 없어지기를 기다렸다. 단감이 익어 가는 가을철이 되면, 단감의 덕을 톡톡히 보았다. 가을이 오면 아버지는 단감나무에서 잘 익은 단감을 따 주셨다. 가을 소풍이나 운동회 때도 단감은 일등 간식거리였다. 나는 심심하고 배고플 때 단감나무에 곧잘 올라가곤 했다. 그러나 단감이 매년 많이 열리는 것은 아니었다. 어른들은 열매가 열리지 않으면, 나무 밑동을 도끼로 찍으면 그다음 해에 많이 열린다고 했다. 그래서 우리 집 단감나무도 아버지가 나무 밑을 도끼로 몇 번 내리쳤다. 그다음 해에는 역시나 단감이 많이 열렸다.

예수님은 좋은 나무가 나쁜 열매를 맺을 수 없고, 못된 나무가 아름다운 열매를 맺을 수 없다고 했다. '아름다운 열매를 맺지 않는 나무마다 찍혀 불에 던져지느니라.' 했다. 또한 무화과나무에 열매가 없는 것을 보고 저주하시자, 그다음 날 아침에 무화과나무는 말라 버렸다. 열매 없는 나무와 같은 사람들에게 주는 도끼 같은 경고의 말씀이다.

뒤뜰의 살구나무는 상당히 오래된 나무였다. 가지와 잎이 무성하고 위풍당당하게 자리를 지켰다. 그런데 해마다 살구가 적게 열렸다. 이 살구나무도 몇 번 밑동이 찍혔다. 그럼에도 계속 열매를 맺지 않자 결국 베어졌다. 두 나무의 운명은 열매 맺음에 따라서 결정되었다.

단감나무도 세월이 지나 과일이 흔해지자, 그 존재감이 약해졌다. 시간이 흘러 열매도 적게 열리고 잎이 지붕 위에 떨어져서 물길을 막고 지저분하게 된다는 이유로 베임을 당했다. 사랑받던 단감나무가 버림받은 것이다. 단감나무는 나날이 풍성해지는 물질문명 속에서 추억 속으로 사라졌다. 하지만 수십 년이 지난 지금도 단감나무 그루터기 흔적이 남아 있다.

살구나무와 단감나무를 베어 버린 후 아버지는 앞마당에 대봉감나무 두 그루를 심었다. 이 감나무는 잘 자라서 열매를 점점 많이 맺기 시작했다. 며느리가 감을 좋아한다면서, 우리에게 더 많이 주셨다. 아버지는 노년에 감나무를 심은 결실을 톡톡히 누렸다. 감꽃이 피고 감이 익어 가는 감나무 곁을 지키며 노년을 사셨다. 아버지가 양로원에 계실 때 집에 잠시 들르셨다. 아버지는 감나무 가지치기를 당부했다. 내가 치지 못하고 동생이 잘라 냈다. 동생이 나보다 아버지의 말씀을 잘 듣는 효자다.

이제 아버지는 돌아가셨지만, 대문에 들어서면 감나무가 우리를 맞이한다. 아버지의 감나무는 우리 가족의 상징물이다.

저녁이 있는 삶

요즘은 전기가 들어와서 저녁도 밝다. 일부 사람들은 저녁 산책을 즐기고 TV 연속극을 보고 학원도 간다. 친구를 만나 술도 마시고 대낮처럼 저녁 시간을 누린다.

내가 초등학교에 다니던 1960년대의 저녁은 곧 어둠을 의미했다. 내가 고등학교 1학년 때 우리 동네에 처음 전기가 들어왔다. 그때부터 밝고 편리한 저녁 시간을 누리게 되었다. 등잔불을 켜고 살던 때는 저녁 식사를 되도록 빨리 마쳤다. 석유를 아끼기 위해 등잔불을 오래 켜지도 못했다. 다른 집에선 석유를 2L병에 담아 사용했다. 다행히 우리 집은 지프차 뒤에 붙어 있던 작은 드럼통에 석유를 사 놓고 사용했기에, 집안 이곳저곳에 등잔불을 켤 수 있었다. 나는 책상 양편에 두 개의 등잔불을 켜고 공부했다. 그러다 등잔이 엎어지면, 책과 노트가 석유 세례를 받고 집 안에는 온통 석유 냄새가 가득했다.

시골에선 해가 뜨기 전에 일어나고, 해가 지기 전에 저녁을 먹고 일찍 자야 했다. 그래서 아침형 인간으로 살아야 했다.

등잔불을 켜고 살 때 어머니는 등잔불 밑에서 내복의 이를 잡았다. 온수시설이 전혀 없고 목욕탕도 거의 없었다. 그래서 머리를 자주 감거나, 목욕을 자주 하는 것은 불가능했다. 설날이나 특별한 날에 물을 끓여서 부엌에서 목욕했다. 그러다 보니 몸에 이가 생겨서 낡은 내복의 이음새 사이에서 이와 서캐가 번식했다. 초등학교 다닐 때 따뜻한 창가에 앉아 있는 친구의 옷에서 이가 밖으로 나와서 친구가 놀림을 받은 적도 있었다. 또한 여학생들의 머리 위로 이가 돌아다니는 것도 볼 수 있었다. 학교에서는 가끔 머리와 내복에 하얀 살충제 가루를 뿌려 주었다. 이는 이 사람에게서 저 사람에게로 옮겨 다닌다. 어머니는 한 사람씩 팬티와 내복을 벗겨 저녁마다 이를 잡았다. 이를 잡을 때 손톱으로 톡 누르면 툭 하고 터지는 소리가 재미있다고 하셨다. 서캐가 내복의 연결 부위에 포진해 있으면, 등잔불에 그을렸다. 그러면 톡톡 소리와 함께 오징어 굽는 냄새가 코를 자극했다. 우리는 내복을 벗는 것도 귀찮아서 이를 잡지 않겠다고 고집을 부리다, 매를 맞곤 울고불고 난리를 피웠다. 머리의 이는 저녁에 잡을 수 없어서, 환한 낮에 마루에서 잡아 주곤 했다. 자식들을 이로부터 지켜 주려는 이와의 전쟁을 저녁마다 벌인 것이다.

어머니는 또 저녁마다 양말을 기웠다. 그땐 양말도 귀한 시절이었다. 양말이 질기지 않아서 뒤꿈치부터 구멍이 나고, 발가락 쪽에도 구멍이 쉽게 났다. 날이면 날마다 마당에서 뛰고 마루에서 쿵쿵거리며 방 안에서 씨름을 해대니, 구멍이 빨리 날 수밖에. 어머니는 낡고 해진 양말을 모아두었다가, 그것을 잘라내어 구멍 난 양말에 대고 꿰매 주셨다. 꿰맨 양말도 얼마 가지 않아 구멍이 난다. 여러 번 꿰매다 보면, 양말 뒤꿈치는 너덜너덜하고 두툼해진다. 겨울철에 눈썰매나 얼음을 타다가 발이 젖으면, 모닥불에 양말을 말리다가 태우기 일쑤였다. 그런 날엔 꾸지람을 들었다. 새 양말을 신을 수 있는 설날엔 빨리 양말을 신어 보고 싶어서 발가락이 근질근질했다.

어머니는 등잔불 아래에서 저녁마다 구멍 난 내복과 바지를 수선하는 일을 했다. 마당에서 뛰고 뒹굴고 나무에 올라가고 돌을 주머니에 넣다 보면, 내복과 바지가 성할 날이 없었다. 그러면 어머니는 어둡고 침침한 등잔불 아래에서 해진 옷과 양말들을 수선했다. 바느질을 위해서 다 떨어지고 해진 내복이나 바지를 버리지 않고 모아 두었다. 수선을 위한 물자인 셈이다.

낮에는 자식을 먹이기 위해 농사전쟁을 하고, 밤에는 자식들의 의복전쟁을 하면서 살았다. 그 전쟁이 끝나면, 휴전 시간으로 들어가 잠이 든다. 이를 잡았으니 몸이 편안하다. 조용한 가운데 숨소리가 들린다. 자리에 나란히 누워 잠든 자식들 이불을 다독이시던 어머니는 문가 맨 앞쪽에 자리를 잡고 추위를 막으며 잠이 든다. 부모님은 아홉 명의 자식을 키우며 잘 때 잠깐 조용할 뿐, 날마다 집안이 전쟁이라셨다. 부모님은 훈련받지 못한 훈련병보다 못한 철없는 아홉 자녀를 데리고 생활전쟁을 위해 헌신하고 끝내 승리하셨다.

나는 대학 때부터 내복을 입지 않았다. 그러니 내복이 해질 일은 없다. 바지를 입고 있지만, 바지는 질겨서 수선할 필요도 없다. 양말을 신다 보면, 구멍이 나는 경우가 있다. 그래도 구멍 난 양말을 계속 신을 때가 있다. 아내는 누가 보면, 자신을 욕한다고 벗어 버리라 한다. 그래도 가끔 들키지 않게 신는다. 구멍 난 양말. 어머니가 기워 주시던 양말.

예수는 '수고하고 무거운 짐 진 자들아 다 내게로 오라. 내가 너희를 쉬게 하리라.'고 말했다. 어머니는 아홉 자식을 낳고 키우는 수고와 함께 무거운 짐을 지고 살다가 하나님의 부름을 받고 하늘나라로 가셨다. 어머니는 하늘나라에서 고요한 저녁 시간을 보내시리라.

시원하다 시원해

요즘 사람들은 아이스크림이나 아이스커피 같은 찬 음료를 자주 마신다. 어머니는 열이 많은 체질이었다. 더운 여름에는 땀이 많이 나서 등목을 자주 했다. 우물에서 시원한 물을 길어 등에 부어 주면, '아이고, 시원하다 시원해' 말씀을 연발했다. 어머니가 시원한 물을 내 등에 부어 주면, 등뼈까지 오싹할 정도로 시원했다. 거기에 시원한 물을 마시고 바람까지 불어오면 천국이 따로 없었다.

내가 중학교에 다닐 때 어머니는 몸이 아프고 쑤신다고 하셨다. 다리도 아프고 허벅지와 허리도 결리고 등과 어깨도 아파하셨다. 그때마다 팔다리를 주물러 달라 하셨다. 허리를 밟아 드리면 무척 시원해하셨다. 어깨를 주무르거나 두들기면 시원해하셨다. 내가 힘들게 주무르면 주무를수록 어머니는 시원해하셨다. 적당히 주무르면 시원하다는 말씀이 없었다.

그런데 생각해 보니, 자진해서 어머니를 안마해 드린 적이 없었다. 주물러 달라고 하면, 마지못해서 했다. 적당히 하고 빨리 끝낼 생각뿐이었다. 빨리 끝내고 놀 생각이 먼저였다. 그럴 때면 어머니는 어떻게 아셨는지, 힘드니까 그만해라 하셨다. 나는 그 말이 너무 좋았다. 아픈 어머니가 놀기에 빠져 있던 자식의 수고를 더 신경 쓴 것이다. 좀 더 일찍 철이 들었더라면 오래오래 주물러 드렸을 텐데. 그때는 어렸다.

아는 것이 힘이라는 말이 있다. 부모를 아는 것이 부모를 도울 수 있는 마음을 내게 한다. 어머니는 저녁이 되면 온몸이 아프고 쑤셔서 죽은 것같이 잠을 잔다. 그렇다가도 새벽이 되면, 기적처럼 일어났다. 어디서 그런 힘이 생기는가. 병이 나서 못 일어날 것 같은데, 아침이면 부활해서 일을 하신다. 어머니의 저녁은 십자가를 지고 자는 시간이요, 아침은 새 힘을 얻는 부활의 시간이다. 자식들을 학교 보내기 위해 아침도 먹이고 도시락도 준비해야 하기에, 아파도 아플 수가 없다.

요즘처럼 의료보험으로 물리치료를 받거나 안마기가 있었다면, 훨씬 시원하다면서 사셨을 것이다. 어머니는 자식들이 모두 결혼하고 빈 둥지가 되었을 때 안마 침대를 장만했다. 거기에 누워서 기계가 주물러 주는 시원함을 누렸다. 나는 지금도 시골집에 가면, 그 침대에 누워서 어머니를 생각한다. 나도 나이 먹고 보니 여기저기 결리고 쑤시고 아플 때가 많아졌다. 오래 누워 있을 때보다 일어났을 때가 오히려 시원하다. 서 있으면 아픔은 사라지고 시원해진다. 그러나 또 오래 서 있거나 오래 걸으면, 종아리가 쑤시고 아파 온다.

나는 매일 아파트 계단 100층을 오른다. 25층 아파트를 4번씩 올라간다. 1600 계단이다. 높이로 계산하면 300m다. 한 달이면 9,000m를 오른다. 한 달에 한 번씩 에베레스트 산 정상 높이를 오른다. 일 년이면 12번을 오르는 셈이다. 한 번 오르는 데 30분쯤 걸린다. 벌써 9년째다. 오르는 속도나 방법에 따라 힘이 덜 들기도 하고 더 들기도 한다. 어떤 날은 종아리가 유난히 아플 때가 있다. 때로는 등이 결릴 때도 있다. 그러면 둘째 아들에게 안마를 부탁한다. 너무 잘 두들겨 주고 주물러서 나도 어머니처럼 '아이고 시원해.' 한다. 내가 어머니의 몸같이 되고 어머니의 마음을 알고 어머니와 똑같은 말을 한다. 그 시원함을 미리 알았더라면, 더 잘 주물러 드렸을 텐데. 뒤늦은 후회가 온다.

어른들은 흔히 뜨거운 물을 마시면서도 뜨거운 사우나와 욕조에 들어갈 때도 아이고 시원해한다. 아이들이 이해할 수 없는 어른들만의 시원함. 외국인은 알 수 없는 한국인만 아는 시원함. 나는 책을 읽으며 지식과 진리를 깨달아 가는 시간에 정신의 시원함을 느낀다. 성경을 읽고 은혜를 받으며 영혼의 시원함도 누린다. 어머니가 느꼈을 영육의 시원한 느낌을 받는 삶이 행복한 삶이라 여긴다.

고린도 교회의 스데바나와 부드나도와 아가이고는 바울의 마음을 시원케 했다. 그러므로 이런 사람들을 알아주라고 했다.

나는 '아이고 시원해.' 하는 사람으로 살고 싶다. 국민의 마음을 '아이고 답답해.' 하게 하는 정치인이 사라지고, 시원케 하는 정치인이 많았으면 좋겠다. 국민의 마음을 시원하게 주물러 주는 지도자가 절실하게 필요한 시대이다.

엄마가 은행이냐

내가 가기 싫어하는 곳이 마트와 은행이다. 첫째는 돈이 없기 때문이고, 둘째는 많이 기다려야 하기 때문이다. 옛날 우리 집에는 다른 것은 다 떨어져도 돈이 떨어지면 안 되었다. 어머니는 자식들의 등교 전쟁을 예상하고 미리 준비한다. 아홉 명의 자녀는 아침마다 누가 먼저 화장실에 가느냐를 놓고 경쟁을 벌였고, 빨리 나오라며 화장실 전쟁이 시작된다. 누가 먼저 씻는가는 그야말로 전투다. 아침마다 교복 다림질과도 씨름한다. 식사 전쟁도 치른다. 여기에 도시락을 싸는 것도 중요하다. 그러나 가장 중요한 신경전이 남아 있다. 그것은 바로 돈과의 전쟁이다.

자식들은 저녁에 미리미리 말하지 않는다. 아침을 먹기 전이나 식사를 마친 후에 돈을 달라고 손을 벌린다. 전날 저녁에 받아 두었으면 얼마나 좋았을까. 버스 시간을 코앞에 두고 차비를 달라고 한다. 내가 중학교 때에는 시내버스 차비가 3원이었다. 10원을 받으면 세 번 버스를 타고 1원이 남는다. 그걸로 아이스께끼 두 개를 사 먹을 수 있었다.

여기에 기성회비를 달라. 매월 내는 월사금을 달라. 참고서 값 달라. 노트나 연필 살 돈을 달라. 또는 학교에서 걷는 특별성금을 달라. 쓰임도 여러 종류였고, 손 내미는 자식도 여럿이었다. 어머니는 정신이 없었다. 아침 식사 준비에 도시락을 싸랴, 옷도 챙겨 주고 돈도 주어야 하니, 어머니는 늘 바쁘게 움직이셨고 머리는 복잡했다. 아침마다 돈과의 전쟁이 벌어지기 때문이다.

나는 돈을 달라 해서 그날 주지 않으면, 학교에 가지 않았다. 그러니 다른 자식들은 못 줘도 내게는 꼭 주셨다. 달라는 대로 돈을 주지 않으면, 울고불고 난리를 쳤다. 그러면 어머니는 종종 탄식하듯 말했다.

"엄마가 돈 찍어 내는 은행이냐?"

자식들은 엄마를 은행으로 생각했다. 어머니는 돈이 있어서 주는 사람으로 여긴 것이다. 어머니는 이런 전쟁을 30년 정도 겪었다. 내가 아비가 되어 자식 둘을 키워 보니, 그때의 일들이 가슴 아프게 다가왔다. 돈과의 전쟁이 끝나고 나면, 버스정류장까지는 1km를 뛰어야 한다. 숨차게 뛰어서 콩나물시루 같은 버스를 타고 30분. 내려서 다시 15분을 걸어가면 학교에 도착한다. 그러면 공부와의 전쟁이 시작된다. 이 시간에 부모님은 농사전쟁을 치르기 위해 논으로 출정하신다.

어머니는 저녁을 드시고, 돈을 빌리러 가시곤 했다. 돈이 없거나 부족한 날엔 이 집 저 집 다니면서 빌려오셨다. '곧 갚을게요' 라는 말을 덧붙이시고서. 자식 때문에 약해지는 시간이다. 필요한 만큼 돈을 빌린 어머니는 속바지 안쪽 주머니에 넣고 편히 주무셨다. 다음 날 아침 어머니는 자식들을 빙 둘러앉혀 놓고 필요대로 분배했다. 은행이라면 장부에 상환 날짜를 적고 이자까지 내야 하지만, 부모가 자식에게 내미는 돈은 무상이며 무한 제공의 의무만 남는다. 아버지와 어머니가 자주 다툰 것도 돈 때문이었다. 어머니는 가끔 하늘에서 돈뭉치가 뚝 떨어지는 꿈이라도 꾸었으면 좋겠다고 한탄했다. 요즘 세상엔 돈이 많아 싸우는 집도 있지만, 그때 우리는 돈이 모자라서 늘 시끄러웠다. 다른 집 어른들 역시 돈이 떨어지면, 우리 집에 오신다. 어머니는 자식들의 은행이었고, 때때로 동네 사람의 은행이었다.

어머니는 전주시장에 갈 때도 차비를 아끼기 위해 10여 리 이상을 걸어 다녔다. 돈이 아까워서 시장에서 팥죽 한 그릇도 사 먹지 못했다. 그리고 집에 돌아와서 밥을 물에 말아서 허겁지겁 드셨다. 나는 부모님 덕분에 초등학교 때에도 과외를 받았다. 그리고 중고등학교와 대학교, 신학대학원을 다닐 때에도 등록금과 학비 걱정을 하지 않고 공부를 마쳤다. 마지막 Th.M을 하는 동안 두 번의 학비는 내 힘으로 해결했다. 모든 것이 하나님의 은혜이지만, 모든 일은 부모님의 헌신이었다.

나도 어른이 되고 자식을 키워 보니, 뭐가 없다 뭐가 부족하다 할 땐 사실상 돈이 없는 것이다. 나는 목회자로 살면서 자녀들에게 은행 역할을 충분히 하지 못했다. 어머니는 은행이었으나, 그 아들은 파산은행 같았다.

인생은 일면 돈과의 전쟁인 듯하다. 돈이 있으면, 대부분의 웬만한 일들은 해결된다. 성경에는 하나님은 나의 목자시니 부족함이 없다고 했다. 현대인들은 돈이 나의 목자시니 부족함이 없다고 여기며 살아가는 것 같다. 돈이 있으면, 큰 소리를 낼 수 있고 자신감도 생긴다는 것이다. 청춘들은 활기차게 데이트도 하고 결혼도 한다. 결혼 후에 아이를 낳지 않는 것은 교육비 부담 때문이라는데, 결국 돈 때문이다. 돈이 없으면 신체의 자유와 교육의 자유와 정신적 자유까지도 제한을 받는 비정한 시대를 우리는 살고 있다.

나는 은행을 볼 때마다 엄마가 은행이냐 했던 말을 떠올린다. 엄마 은행은 대출 조건이 없다. 대출이자도 없다. 갚을 의무도 없다. 나는 아직도 어머니의 은행에서 대출받은 이자조차 갚지 못했다. 어머니는 대출금을 독촉하지도 않았다. 부모님은 무한 투자만 하시고 원금과 이자도 받지 않고 우리 곁을 떠났다. 어머니 은행은 자식들에게 제일 좋은 은행이다. 자식들에게는 화수분이고 공짜은행이다.

가룟 유다는 스승 예수를 팔아 은 30냥을 챙겼다. 예수를 사랑한 것이 아니라, 돈을 사랑했다. 돈을 더 사랑해서 제자의 자리를 스스로 박차고 나갔으며, 스승의 믿음도 저버린 것이다. 그래서 하나밖에 없는 목숨을 잃었다. 가룟 유다는 돈의 주인으로 살지 못하고 돈의 종으로 살다가 죽었다.

돈을 사랑함이 일만 악의 뿌리라고 했다. 돈이 있다고 자랑하지 말고, 돈을 사랑하지도 말아야 한다. 있는 돈을 적절히 사용하는 것이 돈의 사명을 다하게 하는 것이다. 어머니는 돈을 사랑한 분이 아니었다. 자식을 위해 돈을 용도에 맞게 잘 사용한 돈의 운용자였다.

어머니가 묻습니다.

"엄마가 은행이냐?"

아들이 감히 대답합니다.

"어머니는 9남매의 은행이었습니다."

어머니와 더위

내 생애에서 가장 시원한 바람을 경험한 때가 있다.

한여름의 뙤약볕이 쨍쨍 내리쬐고, 논바닥의 물은 햇볕에 데워져 목욕물처럼 뜨겁고, 땀방울이 사우나처럼 머리에서 발끝까지 줄줄 흐른다. 허리를 굽혀서 일하려 하지만, 온몸이 뻐근하다. 이때 허리를 펴면 그렇게 시원할 수가 없다. 이때 시원한 바람까지 불어오면 더운 몸은 바람 샤워를 받으면서 머리에서 발끝까지 시원해진다. '아 시원하다'는 말이 자동으로 나온다. 그 바람의 감촉이 지금까지 내 몸의 세포에 새겨져 있다.

어머니는 열이 많이 나는 체질이었다. 그래서 여름이면 줄곧 부채질을 하면서 더운 날씨를 견뎌 냈다. 어머니는 추위에는 강하셨다. 문제는 더위였다. 어머니와 나는 여름철에 우물물을 떠서 등목을 자주 했다.

1960년대엔 부채조차 흔하지 않았다. 대나무로 부챗살을 만들고 기름종이를 부친 부채가 최고였다. 그 부채로 여름 무더위를 이기며 살았다. 언제부터인가 비료부대가 종이에서 두꺼운 비닐로 바뀌었다. 이 비료부대의 두꺼운 비닐을 부채꼴로 오려서 밑 부분을 묶으면, 비닐 부채가 되었다. 이 부채는 덜 시원하지만, 찢어지지도 않고 물에 젖어도

어머니의 밍크이불

괜찮았다. 심지어 사람이 모여 있을 때 엉덩이에 깔고 앉아도 되는 다목적 부채였다. 그다음에는 플라스틱 부챗살 위에 종이를 부친 부채가 나왔는데, 가볍고 시원해서 효율적이었다. 그 후 부챗살이 없는 책받침 부채 전성기가 찾아왔다. 부채가 귀할 때는 책받침을 부채 대용으로 사용했는데, 잘못하여 찢어지기라도 하면 호되게 꾸중을 들었다.

어머니는 부채질하지 않고는 열불이 나서 견딜 수가 없었다. 때로는 차가운 마룻바닥을 찾아다니며 더위를 식혔다. 오래 누워 있으면 마루가 따뜻해져서 시원한 곳을 찾아서 이동했다. 식구가 많으니, 항상 부채가 부족해서 서로 먼저 부채를 사용하려 했다. 너는 몇 번만 부쳐라. 나는 몇 번만 부치겠다고 하다가 더 사용하면 싸움이 일어났다. 앞뒤로 앉아서 서로 부채 부쳐 주기 놀이도 했다. 그러다가 나는 세게 부쳐 주었는데, 너는 왜 약하게 부쳐 주고 적게 부쳐 주느냐 시비도 벌어졌다. 또 어머니에게 서로 먼저 부채질을 해 주겠다고 효도경쟁도 벌였다.

우리는 한 사람은 머리를, 한 사람은 가슴 쪽을, 다른 사람은 발쪽을 부쳐 주는 부채놀이를 했다. 열심히 부치다 보면 땀이 나고 힘들어서 꾀를 내곤 했다. 그러면 어머니는 시원하다 수고했다고 했다. 때로는 어머니가 부채질을 해 주며 모기를 쫓아 주면 시원하게 낮잠이 들 때도 있었다.

여름철에는 부채 부쳐 주기 놀이를 자주 했다. 부채로 상생과 협력의 길도 알게 된 것 같다. 1970년대에 선풍기가 대량으로 보급되기 시작했다. 선풍기 한 대의 성능은 부채 열 개보다 우수했다. 선풍기를 세게 틀고 좌우로 돌리면, 시원한 세상이 펼쳐졌다. 선풍기 바람이 내 쪽으로 올 때마다, 아 시원하다 정말로 시원하다는 말을 연발했다. 선풍기 바람이 다시 오기를 기다리는 즐거움도 있었다. 어머니는 선풍기 바람을 맞을 때마다 세상이 편해졌다고 했다. 우리는 선풍기의 혜택을 톡톡히 누렸다. 더운 여름철에 마루에 앉아 식사할 때도, 누가 누구에 부채질을 해 줄 필요가 없었다. 선풍기가 방향을 돌리며, 가족 모두를 시원하게 해 주니 편안한 식사 시간이 되었다.

선풍기 한 대가 두 개가 되고 세 대가 되면서 더욱 편리해졌다. 어머니 전용 선풍기도 생겼다. 어머니는 선풍기를 계속 틀고 주무셨다. 부채시대에 비하면, 선풍기 시대는 새로운 문명시대였다. 선풍기 숫자가 늘어나면서, 집 안 곳곳에 틀어 놓고 시원함과 편리함을 누렸다. 부채질하던 시대는 모기가 저공비행하며 시도 때도 없이 물어댔다. 선풍기 바람은 모기에게 태풍과 같아서 감히 접근할 수가 없다. 선풍기 바람은 일거양득의 효과를 주었다.

얼마 후 선풍기 시대가 에어컨 시대로 발전했다. 자동차에도 사무실에도 집집마다 에어컨 시대가 열렸다. 정말 시원한 시대다. 어머니는 에어컨 시대를 누리지 못했다. 농촌에는 에어컨을 살 형편이 안 되었다. 만약에 집에 에어컨을 설치해 드렸다면, 어머니는 선풍기보다 더 시원한 세상을 사셨을 것이다. 아니 설치해 드렸다 하더라도, 전기요금 때문에 많이 사용하지 못했을 것 같다.

나는 어머니를 닮아서 열이 많은 체질이다. 부채질이 필요하고 선풍기를 애용하며 에어컨을 즐겨 사용한다. 운전할 때면 에어컨 바람이 나를 향하도록 해야 한다. 집에는 선풍기가 5대가 있어서 여기저기서 돌렸고, 심지어는 화장실에도 작은 선풍기를 놓았다. 어머니가 돌아가시면서 교회에 헌금한 돈으로 사무실에 에어컨을 설치하고 시원하게 지낸다. 어머니 덕분에 시원하게 설교 준비를 한다. 어머니는 선풍기의 시원한 바람을 맞으며 세상 편해졌다고 했는데, 나는 어머니 덕분에 에어컨을 사용하며 세상이 더 편해졌다고 중얼거린다.

그래도 나는 에어컨이나 선풍기보다 부채의 향수가 더 깊다. 선풍기와 에어컨은 기계적 시원함이지만, 부채는 인간적 시원함이 깃들어 있기 때문이다. 그러나 사무실 천정에서 불어오는 시원한 에어컨 바람은 어머니가 부채질해 주는 바람 같다.

요즘 우리는 편리한 세상을 살지만, 상대적으로 마음이 편안한 세상은 살지 못하는 것 같다. 편리한 세상, 편한 세상, 평안한 세상, 일석삼조의 삶을 사는 지혜가 필요하다.

에미야, 고맙다

애굽의 바로 앞에서 야곱이 자기 서사를 압축해서 밝힌다. '내 나그네 길 세월이 130년입니다. 우리 조상들의 나그네 길 연조에는 미치지 못하나, 험악한 세월을 보내었나이다.'라고.

어머니는 19살 때 시집와서 시어머니, 시할머니, 시누이들을 모시고 살았다. 그러면서 아홉 자녀를 낳고 농사일을 했다. 야곱처럼 험악한 세월을 살며, 몸은 쉴 날이 없고 마음은 편한 날이 없었다.

시골집은 모든 것이 불편했다. 화장실은 푸세식이고 또 안채에서 멀었다. 세월이 흘러서 수도꼭지 하나가 마당에 들여졌다. 설거지는 할 수 있었으나, 옛날 우물가 지붕도 없는 바깥 수돗가에서 모든 일을 해야 했다. 세수하고 빨래하고 머리를 감을 때마다 불편했다. 여름에는 비를 맞고, 겨울에는 빙판이 된 수돗가에서 찬바람과 눈을 맞아야 했다.

집 안에 다른 수도시설이 없어서 목욕을 할 수가 없었다. 목욕탕은 생각도 못 하고 살았다. 겨울에 대야에 따뜻한 물을 떠다가 방에서 발을 씻다가 물바다가 되기도 했다. 머리를 감을 때도 빨리 감고 방 안으로 돌아와야 했다. 잠시라도 지체하면 물에 젖은 머리가 순식간에 고드름으로 변했다. 씻는 일은 추위와의 싸움이었다. 대가족의 그 많은

　　　　　　　　　　　　어머니의 밍크이불

빨래를 할 땐 뜨거운 물을 옆에 놓고 차가운 손을 담그면서 했다. 빨래하는 시간은 추위와 싸우는 시간이었다. 겨울철에는 목욕할 수 없으니, 수건에 뜨거운 물을 적셔서 따뜻한 수건으로 닦아 내는 것으로 목욕을 대신했다. 집 안에 씻는 시설이 없으니, 불편하게 사는 것을 당연히 여겼다. 아니 불편해도 불편한 줄 모르고 살았다.

나는 1988년 결혼했다. 아내는 우리 집을 너무 불편해했다. 아내의 집도 시골집인데 집을 새로 지어서, 집 안에 화장실이 있었다. 목욕을 하거나 빨래를 하는 데 불편함이 없었다. 그런데 시집와 보니 화장실에 가려면 춥고, 어둡고, 무섭고, 냄새가 진동했다. 집 안에서 빨래를 할 수 없고, 밖에서 추위와 더위와 어둠과 싸우면서 세탁을 했다. 아내는 추위에 약하여, 밖에서 씻거나 머리 감는 것을 힘들어했다. 아이들을 씻길 때에도 난감했다. 또 부모님이 관절염으로 절뚝거리며 씻는 모습을 보고 안타까워했다. 어머니가 빨래할 때면 보기도 힘들다고 했다. 논에서 일하는 것도 힘든데, 씻는 것도 힘들게 하고 하루를 마무리했다.

아내는 주방이 넓으니, 한쪽에 수도시설을 만들자고 제안했다. 거기서 씻기도 하고 빨래도 하면, 덥거나 추워도 밖에 나갈 필요가 없고 아무 때나 샤워도 편하게 할 수 있다고. 무엇보다 고생하시는 부모님께 생활의 불편함을 덜어 드리자는 것이다. 그런데 나는 공사비도 들고 일이 복잡하니 하지 말자고 했다. 아내는 계속 주장했다. 나는 그냥 못 이기는 척했다. 결국 넓은 주방에 상하수도 시설을 했다.

주방에 수도꼭지 하나 더 달았더니, 편리한 세상이 되었다. 이제는 밖으로 나갈 필요가 없다. 모든 일을 주방 안의 수돗가에서 하게 되었다. 양치질과 샤워도 집 안에서 했다. 빨래도 눈이 오나 비가 오나 어두운 밤에도 집 안에서 할 수가 있었다. 부모님은 절뚝거리는 다리를 이끌고 밖으로 나갈 필요가 없었다. 아버지는 안에서 씻으니, 참 편리해서 좋다고 하셨다. 어머니는 사용할 때마다 '동신 에미야, 고맙다.'고 말씀하셨다. 며느리 덕분에 아주 편해졌다는 것이다. 입에 있는 말이 아니라, 몸에 있는 말이요 마음에서 우러나는 감사의 표현이었다. 나도 어머니가 동신 에미가 고맙다고 할 때마다 부끄럽고 감사했다.

아내는 어머니의 불편한 생활환경을 적극적으로 개선시켰다. 나중에는 화장실도 실내에 만들어 드리자고 했지만, 칸을 막아야 하고 정화조 문제도 있어 만들지 못했다. 만약에 실내 화장실까지 만들었다면, 관절염 때문에 힘들어했던 부모님은 한결 더 좋아하셨을 것이다.

나는 아들로서 어머니의 불편함을 공감하지도, 깊이 생각하지도 못했다. 집 안의 씻는 시설 하나가 부모님과 온 가족들을 편리하게 했음에도 불구하고 더 나은 개선을 해 드리지 못했다. 고향 집에 가면 어머니가 불편한 몸으로 앉아서 세수하던 모습이 떠오른다. 부모님이 사는 오래된 주택을 편리하게 만들어 드리는 것이 진정한 효도가 아닌가 생각된다.

예수가 수가성 야곱의 우물에서 사마리아 여인을 만났다. 그리고 여인은 그 우물가에서 예수의 말씀을 들었다. 나는 시골 주방에 있는 수도시설에서 어머니를 만나고 고맙다 하시던 어머니의 음성을 듣는다. 머리에서 지울 수 없고, 마음에서 사라지는 않는 어머니의 음성. "동신 에미야, 고맙다."

　　　　　　　　　　　　　어머니의 밍크이불

어머니가 떠나시던 날 1

2007년 5월 마지막 주 토요일 오후 주일예배 설교 준비를 하고 있을 때, 어머니가 전주 예수병원 응급실에 가셨다는 연락이 왔다. 순간 눈물이 핑 돌았다. 그런데 마음 한구석에서는 냉정하게도 이제 올 것이 왔구나, 그 시간이 왔구나 싶었다. 주일예배 준비를 서둘러 마치고 차를 몰았다. 차 안의 긴 침묵 속에서 어머니에 대한 생각이 떠나지 않았다.

응급실에 도착해 보니 누나들과 동생들은 모두 와 있고 장남인 내가 제일 늦게 도착했다. 어머니는 산소마스크에 의지한 채 주삿바늘을 통해 생명을 붙잡고 있었다. 의식이 없던 어머니는 장남 철수가 왔다고 했더니, 눈을 뜨고 나를 바라보셨다.

"아이고 우리 엄니, 장남이 왔다고 하니 눈을 뜨시네. 장남이 좋기는 좋구나."

형제들이 이구동성 한마디씩 말했다. 나는 주일예배를 인도해야 했기에, 두 시간쯤 머물렀다.

"어머니. 내일 주일예배를 드려야 해서 일단 오산으로 다시 가요. 내일 주일예배를 마치고 빨리 내려올 터이니, 그때까지 잘 계세요."

어머니는 용케 알아들으시고 고개를 끄덕이셨다. 내려올 때보다 올라갈 때의 마음이 복잡했다. 과연 내일까지 살아 계실까. 그래, 내일 다시 올 때까지는 살아계시겠지 기도 속에 소망을 품었다.

주일 오전 예배를 마치자마자 병원 응급실로 달려갔다. 병원에 도착하니, 어머니는 약속대로 숨을 몰아쉬고 계셨다. 아버지와 아홉 명의 자녀는 할 말을 잃고 침묵하며 지켜볼 뿐이었다. 그 침묵은 마치 오리가 물 위에 그냥 떠 있는 것 같아도 보이지 않는 발은 부지런히 움직이듯이, 다가올 큰일에 대비해 마음은 부산하게 움직이는 정중동의 침묵이었다.

어머니는 우리 집안에서 헌신적인 삶을 살았다. 거기에 손자 손녀까지 키워 주신 육아의 달인이었다. 그리고 농사일까지. 노년에는 당뇨 합병증으로 고통스럽게 사셨다. 젊을 때의 부모님은 일을 무서워하지 않고 두려워하지도 않았다. 일을 산더미처럼 해치우고도, 산더미 같은 일감이 다시 밀려와도 기꺼이 받아들였다. 그런데 고생만 하시던 어머니가 지금 중환자실에 누워 계신 것이었다.

그날 저녁 아홉 시. 우리 가족은 어머니를 시골집에 모시기로 결정했다. 어머님이 연명치료를 하지 말라고 하셨기 때문이었다. 어머니의 팔에 링거를 꽂은 채로 시골집 안방에 모시게 되었다. 아버지와 9남매와 며느리와 사위들은 지켜볼 뿐이다. 달리 도울 방도가 없었다. 대신 아파해 줄 수도 없다. 눈물과 탄식뿐이다. 메마른 눈물처럼 아주 느린 속도로 링거 수액이 어머니 몸속으로 흘러 들어갔다. 어머니 연명의 숨결처럼 천천히….

어머니 마지막 가는 길에 찬송가 493장 '하늘 가는 밝은 길이'를 모두

어머니의 밍크이불

함께 반복하여 불렀다. 한 시간 가까이.

몸속으로 링거가 들어가고, 영혼과 마음에는 찬송 소리가 들어갔다. 어머니에게서 영적인 힘이 느껴졌다. 어머니는 잠시 눈을 뜨시더니 고개를 돌려 아버지와 온 가족을 쭉 둘러보시고 숨을 멈췄다.

저녁 11시 50분. 어머니는 돌아가셨다. 아버지는 긴 숨을 내쉬었다.

"이제 다 끝났다."

아버지의 말씀이 맞다. 어머니는 이 세상에서의 고생이 다 끝났다. 고통스러운 당뇨병의 고통도 끝났다. 끝남은 끝이 아니라 영원한 삶이므로, '하늘 가는 밝은 길이' 찬송가 노랫말처럼 어머니는 하늘로 이사를 가셨다.

어머니의 팔에 이어진 링거는 아직 반 병이나 남아 있었다. 순간 얼마나 갈 길이 급했기에 링거 한 병도 다 맞지 못하고 가셨는가 야속한 생각이 들었다. 링거가 환자에겐 밥인데 밥 한 그릇 다 비우지 못하고 떠났단 말인가. 어머니는 자식들이 학교에 갈 때 밥 한 그릇을 다 못 비우고 가면 얼마나 배고플까 늘 걱정하셨다. 지금은 역지사지의 시간이다. 그것도 이생과 저 생을 가름하는 시간이다.

부모는 자식의 입에 밥 들어가는 것을 보면 행복하다는데, 오늘 저녁엔 어머니와 링거의 기억이 더욱 안타깝기만 했다.

2023년 올해는 어머니 추도 16주년이다. 어머니는 링거 한 병을 다 맞지 못하고 하나님께 갔으나, 예수는 십자가에서 피를 흘리고 하나님께로 갔다.

가끔 이 세상을 떠나 하나님께로 가는 나를 생각하며 오늘을 살아간다.

어머니가 떠나시던 날 2

　사람마다 체질이 다르다. 나는 어머니를 닮아서 몸에 열이 많다. 추위를 잘 견딘다. 더위는 참기 힘들다. 여름보다 겨울이 좋다. 나는 현재 71세인데도 여전히 내복을 입지 않는다.

　아내는 추위를 못 참는 체질이다. 선풍기나 에어컨을 사용하지 않고도 여름을 잘 견딘다. 내가 냉방기를 켜면, 아내는 이내 꺼 버린다. 아내가 보일러를 켜면 나는 서둘러 보일러 온도를 낮춘다. 나는 여름에 외출할 때 아내에게 얼마나 덥냐고 묻지 않으나, 아내는 겨울에 외출 때마다 오늘 얼마나 춥냐고 묻는다. 나는 옷을 적게 입고, 아내는 옷을 겹겹이 입는다. 나와 아내는 체질이나 생활 스타일이 달라서 갈등할 때가 많다.

　어머니는 며느리가 추위 타는 체질임을 이해했다. 겨울에는 아파트와는 달리 시골집은 외풍이 심하여 방 안에만 있어도 한기가 돈다. 아내는 겨울에 시골에 가면 춥다는 소리를 자주 했다. 어머니는 며느리가 온다고 하면 군불을 때어 방을 따뜻하게 해 주시곤 했다. 잠을 잘 때도 두꺼운 이불을 내어 주셨다. 그리고 따뜻한 아랫목을 내주셨다. 추위를 타는 체질인 아내는 어머니에게 추운 겨울에 얇게 입어도 춥지 않으냐고 여쭈었다. 서로를 배려하는 모습이 좋아 보였다.

어머니는 따뜻할 때 죽어야 할 텐데 걱정이라는 말씀을 자주 하셨다. 죽는 것에 대한 걱정이 아니라, 따뜻할 때 죽기를 걱정하신 것이다. 가실 때 고통 없이 잘 떠나시면 되지. 왜 며느리 걱정을 한단 말인가. 아들이나 딸보다 추위 타는 며느리 때문에 죽음의 계절을 걱정하던 어머니에게 나는 아들 걱정은 안 되고 며느리가 걱정되느냐고 눙쳤다.

믿는 자는 주를 위해 살고 주를 위해 죽는다. 부모님은 살아도 자녀를 위해 살고, 죽을 때도 자녀를 걱정하며 죽는다. 따뜻할 때 죽어야 할 텐데, 하는 말에는 자식에 대한 배려가 들어 있다.

어머니는 봄의 끝자락 5월 27일에 돌아가셨다. 따뜻한 봄날 구름 한점 없던 날 하늘나라로 떠나셨다. 하나님께서 어머니의 소원을 들어주셨다. 하나님은 어머니가 떠나는 날을 따뜻한 날로 선물한 것이다. 어머니의 장례식은 따뜻한 봄날에 따뜻한 마음으로 마쳤다. 어머니의 육신은 한 줌의 흙으로 돌아갔지만, 예수와 스데반의 말처럼 어머니의 영혼은 하나님이 받으셨다.

어머니가 돌아가신 후 따뜻한 봄날을 16번 맞이했다. 그동안 기일에 모일 때마다 한 번도 궂은 날이 없었다. 어머니는 자녀들이 모이기 좋은 날을 남기시고 돌아가셨다. 어머니는 돌아가실 때조차 아들보다 며느리를 배려하신 것 같다. 아내는 가끔 어머니가 보고 싶다고 말한다.

예수는 의인을 위해 죽은 것이 아니라, 죄를 위해 죽으셨다. 자신을 위해서가 아닌, 다른 사람을 위해 돌아가셨다. 예수는 십자가에서 고통스러운 죽음을 맞이하며 분명한 어조로 일곱 마디의 말씀을 남겼다.

우리는 십자가에서 남기신 예수님의 말씀을 깊이 묵상할 필요가 있다.

아버지 저들을 사하여 주옵소서.

저들은 자신이 무엇을 하는지를 알지 못합니다.

내가 진실로 네게 이르노니 오늘 네가 나와 함께 낙원에 있으리라.

여자여 보소서 (저이가 당신의) 아들입니다.

나의 하나님 나의 하나님 어찌하여 나를 버리셨나이까?

내가 목마르다.

다 이루었다. 내 영혼을 아버지의 손에 부탁하나이다.

밥보다 약이 많네

밥 먹는 힘으로 사는가. 약 먹는 힘으로 사는가. 어머니는 건강한 체질이었다. 여자는 약하지만, 어머니는 강하다는 말이 있다. 강한 어머니가 아니면 어린아이들을 키워 낼 수가 없다. 젊었을 때는 젊음과 밥의 힘으로 살아 냈다. 식사도 많이 했다. 어머니는 나이가 들자, 몸에 불편한 곳이 생기기 시작했다. 성경은 일주일에 한 번씩 안식일을 지켜 건강을 유지하라고 했다. 그러나 어머니는 그러한 안식을 누릴 형편이 못 되었다. 일해야 살 수 있고, 형편상 단 하루도 일을 안 할 수가 없었다. 어머니는 한때 무좀으로 발가락이 터지고 피가 나서 걷지도 못한 적이 있다. 그런데 나병 환자 약으로 발가락 무좀이 치료되었다. 의료보험이 없던 시절이었다.

어머니는 회갑이 지나면서 당뇨가 시작되었다. 처음에는 견딜 만하니까 대수롭지 않게 여겼다. 그러나 점점 심해서 고생을 하셨고, 결국 당뇨 합병증으로 돌아가셨다. 당뇨뿐만 아니라 관절염 때문에 거동이 불편했다. 가끔 무릎관절에서 다량의 물도 빼내야 했다. 당뇨와 관절과 여러 가지 성인병으로 날마다 약을 한 주먹씩 복용했다. 그래서 밥의 힘으로 사는지 약 힘으로 사는지 모를 지경이 되었다. 약을 복용하지 않으면 밥을 먹을 힘이 없고, 밥을 먹어야 약을 먹을 수가 있었다.

어머니의 머리맡에는 약봉지가 한 상자씩 있었다. 어디에 해당하는 약인지 모를 정도로 약의 종류와 양이 많았다. 그러면서도 집안일과 농사일을 해야만 했다. 아내는 어머니의 약을 보며 밥보다 약이 더 많다며 걱정했다. 어머니는 날마다 이 병원과 저 약국과 보건소를 다니며 약을 받아 오셨다.

71살의 나는 그 어떤 약도 먹지 않는다. 당뇨와 고혈압과 성인병이 없고 건강한 편이다. 부모님이 물려준 건강을 잘 지켰기 때문이라고 여겨진다. 일찍 자고 일찍 일어나며, 걷기를 좋아하는 것이 건강비결이라고 생각한다. 지금까지 병원에 한 번도 입원한 적이 없다. 따라서 의료비 지출은 거의 없었다. 아프면 먼저 본인이 고생이다. 그다음은 가족을 고생시킨다. 마지막은 돈 때문에 고생한다. 이 삼중고를 해결하는 것은 규칙적인 생활과 운동이다.

나는 9년째 하루에 아파트 계단 100층 걷기를 한다. 25층 아파트를 4번 올라간다. 처음에는 힘들고 지루했지만, 지금은 그 시간이 기도와 묵상 시간이다. 밤이나 낮이나 시간 나는 대로 할 수 있고, 날씨가 좋으나 궂으나 언제나 가능하다. 30분이면 100층을 올라갈 수 있다. 그리고 10분간 씻는다. 40분이면 하루 운동을 완성할 수 있다. 아파트 1층의 높이가 3m면, 100층의 높이는 300m다. 30일이면 9,000m를 오르는 것이다. 이 높이는 에베레스트 산과 같다. 한 달에 한 번, 1년에 12번 에베레스트 정상을 오르는 셈이다.

자신이 하는 일에 의미를 부여하면, 자부심이 생기고 잘할 수 있다. 내가 계단 오르기를 언제까지 할 수 있을지는 알 수 없지만, 할 수 있는 날까지 계속하려 한다. 부모님의 시대는 일이 운동이고, 운동이 일이었다. 운동을 한다는 건 사치로 여기셨을 듯싶다.

35년 전 아내는 '어머니가 밥보다 약을 많이 드시네.' 했다. 그런 아내가 그때의 어머니 나이가 되자, 당뇨를 비롯한 여러 질병으로 약을 먹고 있다. 아내도 자신이 당뇨에 걸릴 줄은 꿈에도 몰랐노라고 했다. 어느 날 보니 당뇨가 찾아온 것이다. 밥을 먹는 것은 건너뛰어도 약을 먹는 것은 잊어서는 안 되는 지경이 되었다. 아내는 약을 한 주먹씩 드시는 어머니를 걱정했는데, 지금은 내가 어머니처럼 약을 한 주먹씩 먹는 아내를 걱정하고 있다. 아내는 약을 복용하며 어머니를 떠올리고, 나는 아내를 안타깝게 생각하며 어머니를 생각한다. 여자들은 어머니의 삶을 살다가 병을 얻는 것은 아닐까.

성경은 구약과 신약으로 되어 있다. 구약은 39첩이요, 신약은 27첩이다. 이 약을 먹으면 영혼이 잘 됨 같이 범사가 잘되고 건강해진다. 설교시간은 구약과 신약을 처방하는 시간이다. 설교를 듣는 시간은 약을 처방받는 중이요, 영혼과 육신에 약을 바르는 시간이다. 이 약을 매일매일 한 주먹씩 먹는 것이 신약과 구약을 읽는 것이다. 믿는 자는 일주일에 한 번씩 교회에서 목사님의 설교 말씀을 들어야 한다. 신약과 구약은 많이 먹을수록 건강해진다. 날마다 먹으면 날마다 건강해진다.

음식이 보약이라는 말이 있다. 음식을 잘 먹으면, 약이 따로 필요 없다. 육신의 보약은 음식이요, 정신의 보약은 독서다. 사람은 정신적으로 건강해지는 약도 먹어야 한다. 신구약을 공부하면 정신은 물론 영혼까지 건강한 사람이 된다. 음식과 독서와 신구약을 편식하지 말고 골고루 섭취해야 한다.

고맙지 뭐

35년 전 나는 36살 노총각이었다. 누나와 여동생들은 적령기에 결혼했다.

그런데 장남인 나는 어영부영 36살이 되었다. 그때 남자의 결혼 적령기는 26세 전후였다. 나는 대학을 졸업하고 장로회 신학대학원 3년을 마쳤다. 그리고 다음 해인 26살에 목사 안수를 받았다. 당시 친구들은 군에 입대 전에 모두 결혼했다. 나는 목사가 되어서도 10년 동안 결혼하지 않고 군목과 부목사로 일했다. 부목사 시절에는 스캔들에 휘말리지 않기 위해서 조심했다. 스스로 남녀 둘이 함께 있는 상황을 만들지 않았다. 부목사 시절에는 교회에서도 많은 사람들이 걱정했다. 왜냐하면, 대학청년부 지도 목사로 있었기 때문이다.

나는 중고등학교 시절에 구약에 나오는 요셉의 이야기를 읽은 후 삶의 지표를 깨끗한 삶으로 삼았다. 그것은 10년 동안 총각 목사로 지낼 수 있는 면역력의 말씀이 되었다. 하지만 부모님은 걱정이 태산이었다. 부모님은 다른 집 아들들은 결혼하고 손자들이 있다며 부러워하셨다. 우리 아들도 결혼했으면 하는 소원이 간절했다. 나는 그동안 여러 차례 맞선자리에 나갔다. 노력은 했지만, 결국 36세 노총각으로 남았다.

수원에서 부목사로 있을 때였다. 어린이전도협회는 1988년 5월 5일 어린이날 우리 교회에서 어린이 꽃 잔치를 했다. 학교 운동장도 있고, 교회 예배당도 크고 넓었기 때문이다. 그때는 놀이문화가 거의 없던 때라서 수원·용인·화성지역 교회의 어린이들이 밀물처럼 모였다.

이때 아내가 될 사람은 어린이전도협회 수원지회를 맡아 일을 진행했다. 담임 목사님이 우리 두 사람을 소개했다. 이때 아내 될 사람의 나이는 33세였다. 5월 5일 어린이날 처음 만난 이후 4개월 만인 9월 3일에 결혼했다. 교회에서는 노총각 목사의 결혼을 성대하게 준비하고 축복해 주었다.

결혼 전, 부모님은 며느릿감을 보자마자 기뻐하셨다. 그러나 어머니는 아내가 너무 허약해 보여서 아이는 제대로 낳을 수 있을지 걱정하셨다. 아내가 너무 날씬했기 때문이었다. 하지만 어머니는 '노총각이랑 결혼해 주니 고맙지 뭐.' 하셨다. 아버지는 어디서 저렇게 예쁜 처녀를 데리고 왔는지 모르겠다 하시며 기쁨을 감추지 못했다. 여하튼 36살 노총각의 결혼은 부모님에게는 새로운 세상이 열린 것이나 다름없었다. 장인 장모님도 노처녀 딸을 데려가는 나를 반겨 주셨다.

결혼 10개월 만에 큰아들이 태어났다. 어머니는 아내가 몸이 약해서 아이를 못 낳을까 걱정을 많이 하셨다. 손자를 안고 마당에 서 계신 사진 속 어머니는 온몸으로 춤을 추는 것 같았다. 어머니는 그때도 '아들을 낳아 주니 고맙지.' 하셨다. 3년 후 둘째 아들이 태어났다. 어머니는 더 기뻐했다. 나이가 들어서 하나만 낳을 줄 알았는데 둘째를 낳은 것이다. 어머니는 이때에도 '둘째까지 낳아 주니 더 고맙지.' 했다. 그동안

외손자·외손녀들을 여러 명 보았지만, 친손자에게 더욱 정이 간다고 하셨다.

나는 아내와의 결혼도 고맙고, 아이를 낳고 다투며 사랑하며 살아온 것도 감사하다. 아내는 시부모님에게 효성스러운 며느리였다. 나는 부모님과 아내의 관계가 좋은 것이 고마울 뿐이다.

아버지는 어머니가 돌아가신 후, 7년을 더 사셨다. 혼자 계실 때 자주 뵙지 못한 것이 아쉽다. 양로원에 2년 계실 때도 가끔 찾아뵈었다. 양로원에서는 5월 8일 어버이날 자녀를 초청하고 여러 가지 행사를 진행했다. 아버지는 우리 가족을 볼 때마다 기쁘다고 했다.

그 후 아버지는 몸이 쇠약해져서 요양병원에 입원했다. 가까이 있는 큰누나와 여동생이 자상히 보살폈다. 장남으로서 큰누나와 여동생에게 감사하다. 나는 목사가 쉬는 날인 월요일에 찾아뵈었다. 아내는 어린이전도협회 일 때문에 월요일은 특별히 움직일 수가 없었다.

어느 날 아버지는 '동신 엄마에게 고맙다고 전해라. 지금까지 잘해 줘서 고맙다고.' 아버지는 며느리에게 살갑게 한마디 하신 것이다. 두 분 부모님이 아내에게 고마워한 사실이 나는 고맙다. 나의 부모님이어서 감사하고, 그 부모님에게 효의 도리를 다한 아내에게 감사하다. 나는 고마운 아내와 때때로 의견 대립하며 살고 있다.

성경에 '범사에 감사하라. 이것이 하나님의 뜻이다.'라고 했다. 즉 모든 일과 모든 사람에게 감사하는 것이 하나님이 원하시는 생활방식이다. 원망과 불평은 하나님이 원하시는 생활방식이 아니다. 부모님은 하나님께서 원하시는 생활방식을 따랐다. 나도 부모님처럼 살고 싶다.

부모도 흔들리며 산다

나의 18번 찬송가

신앙생활의 핵심은 성경과 찬송이다. 신앙생활은 하나님의 말씀을 믿는 것과 충만한 은혜 체험과 하나님을 찬양하며 사는 삶이다. 말씀과 찬송이 균형을 이루어야 조화로운 믿음이다. 말씀과 찬송은 신앙생활의 두 기둥이다.

내가 예수를 믿게 된 것은 누가 전도해서가 아니다. 우리 집은 대대로 불교를 믿었다. 내가 어릴 때 부모님은 절에 내 이름을 올렸다. 그렇지만 어느 아주머니가 '너의 대모다.'라고 하는 말이 너무 싫었다. 내가 예수를 믿게 된 것은 중고등학교 성경 시간에 말씀을 배우는 것이 너무 재미있고 믿어지던 영적 끌림의 결과였다. 사도신경과 십계명과 주기도문을 쉽게 암송했다. 그 말씀들이 거부감 없이 믿어질 뿐만 아니라, 재미도 있었다.

고등학교에 진학하여 찬송가 교독문을 읽는데, 그 말씀에 빨려 들어가고 말씀이 내 마음속으로 밀려왔다. 내가 성경을 읽을 때마다 성경 말씀이 내 안에 있고, 내가 말씀 안에 있음을 뜨겁게 체험했다. 말씀이 의심 없이 읽은 대로 이해되고 이해되는 대로 믿어졌다. 나는 성경이 하나님께서 나를 위해 특별히 쓰신 손 편지로 인식됐다. 성경 말씀이 나를 전도했으며 믿음으로 이끌었다. 교회에서 성경을 읽고 설교 말씀을 들으며 기록에 집중했다. 이 과정에서 나는 큰 은혜를 받았다. 이때에 마음의 지진이 일어났다.

성경을 읽고 설교를 듣는 것은 좋았으나, 찬송하는 것은 목이 아프고 즐겁지 않았다. 그래서 찬송 중심의 신앙보다, 말씀 중심의 신앙생활을 했다. 내가 찬송에 감동받은 것은, 곡이 좋아서가 아니었다. 가사 내용에 은혜를 받았기 때문이다. 사람들이 특송을 부를 때 노래는 잘 부르지 못해도 가사에 은혜를 받을 수가 있다. 나는 아름다운 멜로디보다 성경 말씀에 근거한 찬송가의 가사에 은혜를 받는다. 그러다 보니 18번 찬송가를 갖게 되었다. 유행가도 18번이 있는 것처럼.

나의 첫 번째 18번이었던 찬송가는 143장과 149장이다.

143장은 짧은 곡이지만 내용은 깊고 신비하다.

'웬 말인가 날 위하여 주 돌아가셨나'를 부를 때, 내 마음이 뜨거워졌다.

'이 벌레 같은 날 위해 큰 해 받으셨다'를 부를 때, 마음이 뭉클했다.

'내 지은 죄 다 지시고 못 박히셨으니' 감사한 마음이다.

'내 얼굴 감히 못 들고 눈물 흘리도다' 감격스러운 마음이다.

'몸밖에 드릴 것 없어 이 몸 바칩니다'를 부를 땐, 헌신의 마음이 생겼다. 목사가 되어 헌신자로 살면서 십자가를 지고 싶은 마음이었다. 149장도 짧은 곡이지만, 내용이 깊어 빠져 버렸다.

'주 달려 죽은 십자가 우리가 생각할 때

죽으신 구주 밖에는 자랑을 말게 하소서.

가시로 만든 면류관 우리를 위해 쓰셨네.

놀라운 사랑 받은 나 몸으로 제물 삼겠네.'

지금도 이 찬송을 부르면, 경건한 눈물이 나고 마음이 뜨거워진다. 십자가에 달린 주님이 감사할 뿐이다.

나의 두 번째 18번 찬송가는 302장이다.

'내 주 하나님, 넓고 큰 은혜는 저 큰 바다보다 깊다.

너 곧 닻줄을 끌러 저 깊은 데로 저 한 가운데로 가 보라,

자 곧 가거라. 이제 곧 가거라.'

내 주 예수 은혜의 바다로 믿음의 항해를 하라는. 나에게는 질리지 않는 은혜의 찬송이다. 백령도에서 군목을 하며, 서해를 건너다니면서 은혜를 받고 즐겨 부르던 찬송이다. 40년 이상 불러도 질리지 않고 새롭게 감동을 주는 찬송. 부대 앞에 서면 늘 푸른 바다가 펼쳐 있다. 계절과 날씨와 온도에 따라 바다가 다른 것을 느꼈다.

1970년 후반에는 인천에서 백령도까지 12시간 거리였다. 이 바다는 셀 수 없이 많은 물고기와 자원이 있다. 겉보기에 물밖에 없는 것 같지만, 그 속에는 무한한 자원이 함께하고 있다. 이것이 바다의 비밀과 신비다. 드넓은 바다를 생각하며 302장을 부르면, 절로 가슴이 벅차올랐다.

나의 세 번째 18번 찬송가는 370장이다. 교회개척 시절에 18번 찬송이 된 곡이다. 하루는 잠을 자는데 선명하게 370이라는 숫자가 보였다, 즉시 일어나, 찬송가 370장을 펼쳤다. 내용이 마음에 쏙 들었다. 하나님이 교회를 세우는 내 마음을 헤아리고 주신 찬송 같았다.

'주 안에 있는 나에게 딴 근심 있으랴,

내 주는 자비하셔서 늘 함께 계시고

내 궁핍함을 아시고 늘 채워 주시네,

내 앞길 멀고 험해도 나 주님만 따라가리.'

나의 네 번째 18번 찬송가는 493장이다.

어머니가 죽음과 천국 입성을 앞두고 있을 때, 가족들이 둘러서서 부른 찬송가이다. 어머니는 죽음을 앞에 두고 있는 것이 아니라, 하늘 가는 밝은 길을 앞에 두고 계셨다. 슬픈 일 많이 보고 고생하며 사셨지만, 지금은 하늘 영광 밝음이 동터 오르고 있다. 지금 세상 공로 자랑할 시간이 아니라, 예수 공로 의지할 믿음의 시간이다. 이제는 천성만 바라보고 아버지의 영광 집에 들어가 쉴 시간이 오고 있다. 나는 부족하여도 예수 의지하여 하나님께 나아가는 새로운 탄생의 시간이다. 사람이 임종할 때 청각이 맨 마지막까지 살아 있다고 한다. 어머니는 이 찬송을 들으며 천국으로 가셨다. 천국에 가시기 전 눈을 크게 뜨고 온 가족을 둘러본 후, 눈을 감고 천국으로 향했다. 어머니는 493장 응원 찬송을 들으며 승리하였다. 아홉 자식이 드리는 예배와 배웅의 의미가 담긴 493장 찬송을 듣고 천국에 입성했다.

나는 이 찬송을 부를 때마다 어머니의 천국 입성이 확실히 믿어져서 기쁨이 넘친다. 이 찬송을 부를 때면 늘 어머니가 생각났다. 지금도 어머니가 생각나면 이 찬송을 한다.

아름다운 이별

배터리는 방전되면 끝이다. 시계에 새 배터리를 넣으면 바늘이 힘차게 움직인다. 시간이 흘러 배터리 힘이 약해지면, 시곗바늘은 느리게 움직인다. 그러다가 이내 움직임을 멈춘다.

어떤 의사가 사람의 삶과 죽음도 이러한 과정을 겪는다고 했다. 사람이 젊었을 땐 에너지가 넘쳐 왕성하게 활동한다. 그러다가 노년이 되면, 에너지가 약해져서 신체의 움직임이 느려지게 된다. 시간이 더 지나면 팔다리를 움직이는 것도 힘들어진다. 죽음 직전에는 눈을 뜨는 것도 어렵다. 최후에는 듣는 힘마저도 없어진다.

나는 어머니의 임종을 지키면서, 그런 과정을 겪는다는 걸 똑똑히 보았다. 어머니는 최후의 순간에 눈을 계속 감고 있었다. 그런데 죽음을 몇 시간 앞두고, 눈을 4번이나 뜨셨다.

첫 번째는 아들을 보기 위해서였다. 주위에는 아버지와 8명의 자식이 있었으나, 계속 눈을 감고 계셨다. 그날 주일 설교를 마친 나는 제일 늦게 도착했다. 장남인 철수가 왔다고 하자, 어머니가 눈을 뜨고 나를 보셨다.

어머니가 두 번째 눈을 뜬 것은 고향 집 마당에서였다. 가족들은 어머니의 최후를 고향 집에서 맞게 하자고 결정, 집으로 모셨다. 환자용 침대가 대문을 지나 마당에 이르렀다. 시골집 마당이라고 하자, 어머니가 눈을 크게 떴다.

어머니는 시집와서 60년 이상을 이 집에서 살면서 자식들을 키우고 가사를 돌봤다. 일생의 희로애락이 서린 마당이 어머니를 깨우고 눈을 뜨게 한 것이다. 어머니는 마당에서 하늘의 별을 보셨다. 지상에서의 마지막과 당신의 현실을 받아들이는 것 같았다.

세 번째는 고향 집 안방 아랫목에서였다. 어머니를 안방 아랫목에 모셨다. "엄마, 우리 집 안방이에요." 했더니, 어머니는 다시 한번 눈을 떴다가 감았다. 어머니는 몸의 힘은 없지만, 청력이 살아 있어 듣고서 눈을 뜬 것 같았다. 이 안방은 아홉 자녀를 낳고, 젖을 먹이며, 기저귀를 갈고, 밥을 먹으며 함께 생활하던 곳이다. 어머니의 지성소이며, 자녀들의 성소 같은 안방이다. 우리 형제들은 어머니를 안방에 모시게 된 것을 다행으로 여겼다.

마지막으로 어머니는 돌아가시기 직전에 눈을 뜨고 자녀들을 모두 보시고 눈을 감으셨다. 어머니의 눈은 카메라처럼 천천히 온 가족을 담았다. 그리고 편안한 모습으로 하늘나라로 가셨다. 기적 같은 순간이었다. 어머니의 삶은 아홉 자녀를 낳고 기르는 기적의 삶이었다. 또한 어머니의 죽음도 기적같이 아름다운 이별의 순간을 남겼다.

예수는 불쌍히 여겨 달라는 소경의 부르짖음을 듣고, 눈을 뜨게 하여 보게 했다. 눈 뜰 힘을 주고 보게 했다. 소경은 부모와 형제자매를 보고, 고향 집을 보았을 것이다.

어머니의 눈을 뜨게 한 것은 가족과 고향 집이었다. 어머니는 육신의 고향에서 눈을 뜨고 감았으나, 동시에 눈을 감은 순간 영원한 고향인 하늘나라에서 영혼의 눈을 뜨게 되었을 것이다. 스데반은 돌에 맞아 죽는 순간에도 눈을 뜨고 하늘 보좌와 그 우편에 계신 예수를 보았다.

언젠가 북유럽 어느 나라의 임종 프로그램을 TV에서 본 적이 있다. 죽음을 앞둔 사람이 죽기 전에 꼭 가보고 싶거나, 만나고 싶은 사람을 만나게 하는 프로그램이었다. 대다수의 사람들이 죽기 전에 가고 싶다고 말한 곳은 고향이고 만나고 싶어 한 사람은 옛 친구들이었다. 그 프로그램은 고향을 둘러보고 옛 친구들과 정담을 나누고 집으로 돌아와서, 편안한 죽음을 맞이하도록 하는 프로그램이었다.

나도 형제자매와 가족과 고향 집과 친구들을 보며 죽음을 맞이하고 싶다. 영원한 귀향을 위해서 육신의 고향을 돌아보며 고향 집을 한 번이라도 더 가보고 싶다. 그래서 어릴 적 내가 출석했던 교회를 돌아보며, 마지막 눈을 떴다가 평안한 영면에 들고 싶다.

나이가 들수록 눈을 감아도 되는 때와 눈을 바로 뜨고 봐야 할 현실이 무엇인지를 명확히 아는 삶을 살고 싶다.

새해 선물

자녀는 부모의 은혜로 태어난다. 부모의 은혜 속에서 자란다. 부모의 은혜가 아니면 어린아이는 살길이 없다. 부모가 자식에게 베푸는 '먹이고, 입히고, 교육하는' 양육의 은혜는 하늘보다 크고 높다.

나에겐 두 분의 누나가 있다. 나는 형제 중 부모의 사랑을 가장 많이 받고 자랐다. 그런데도 부모의 은혜를 갚지 못하고 살아왔다. 부모님에게 제대로 된 선물을 드린 기억이 없다. 나는 혜택만 누리며 빚쟁이의 삶을 살고 있다.

아버지는 일제 강점기와 6.25 전쟁을 겪은 역사의 소용돌이 속에서 보릿고개를 겪으면서 치열하게 살았다.

주일이 아닌 날 돌아가신 아버지의 기일도 감사하다. 또한 아버지가 돌아가신 날은 1월 한겨울인데도 날씨가 따뜻하고 바람도 불지 않는 온화한 날씨였다. 아버지가 돌아가신 날은 새해에 가족이 모이는 날이요 만남의 날이다. 새해를 맞으며 아버지의 기일 추도식까지 마칠 수 있으니, 일석삼조의 날이다.

우리는 1월 7일 11시에 임실호국원에 모인다. 각각 출발지가 다르다. 전주, 김제, 오산, 화성, 용인, 서울에서 달려온다. 지금은 승용차로 오지만, 예전에는 승합차로 같이 오면서 간식을 먹고, 휴게실에 들르는 기쁨도 쏠쏠했다. 11시에 호국원에서 20분간 추도예배를 드린다. 그리고 아버지를 사진으로 만나고 그리워하며 회상의 시간을 보낸다. 추억의 시간이 지나면, 현실의 시간으로 돌아간다. 식당으로 옮겨 점심을 먹는다. 아버지는 돌아가신 후에도 자녀들이 잘 모이는 선물을 주셨다. 지난 8년 동안 눈이 와서 이동하기가 위험하여 모이지 못한 적이 한 번도 없었다.

풍성한 식사 시간이 끝나면, 고향 집으로 향한다. 대문에 들어서면 마당의 흙도 다정하고, 오래된 마루와 토방과 문턱과 창문도 우리를 어린 시절로 돌아가게 한다. 안방과 오래된 부엌과 우물이 있던 수돗가도 과거의 추억을 불러들인다. 허기는 음식으로 채우고, 마음은 추억으로 채운다.

우리는 고향 집과 이별하고 큰누나 집에 모여 3차 모임을 갖는다. 각각 가져온 선물 나누기를 시작한다. 음식도 가져오고, 옷과 생활용품도 가져온다. 이것저것 나누는 가족들의 장터가 벌어진다. 나눔을 하다 보면 가져온 것보다 더 많이 가져가게 되는 풍성한 기쁨을 누린다. 나누는 기쁨이 있다. 선물 교환이 정리되면, 큰누나가 준비한 떡을 받는다. 각각 한 상자씩이다. 큰아들인 나는 여전히 2배를 받는 특권을 누린다. 특권의 삶이 일생 유지되니, 좋기도 하고 미안하기도 하다. 오후가 되면 먼 길을 떠나야 해서 서둘러 일어선다. 모두가 선물 같은 시간을 보냈으면서도 아쉽기만 하다. 선물 같은 새해 시간을 보내고, 새해에 받은 선물을 들고 서로를 바라본다.

어머니의 밍크이불

"어머니 기일인 5월 27일에 또 만납시다. 그때까지 모두 건강하시고."

아버지가 주신 선물 같은 시간을 보내고, 어머니가 기다리시는 선물 같은 시간을 약속한다.

하나님은 죄인들을 위해서 그의 독생자 예수를 선물로 보냈다. 이 선물을 받아 누리며 믿고 감사하는 자마다, 또 다른 구원의 선물과 영생의 선물이 준비되어 있다.

우리는 잘 지내요 어머니 1

"내가 죽으면 너희들은 좋겠다."

편찮으신 어머니가 마루에서 웃으며 하신 말씀이다. 아직 돌아가실 때가 아닌데, 무슨 말을 그렇게 하시냐고 반문했다. 엄마가 돌아가시면, 자식들에게 좋은 일이 뭐 있다고. 엄마가 돌아가시면 우리가 고아가 되는 것밖에 더 있느냐고.

내가 죽으면 너희들은 좋겠다는 말씀을 자녀들은 이해할 수 없고 듣고 싶지도 않았다. 부정하고 싶은 말이었다. 그때 어머니는 '내가 죽으면 너희 아홉 자식들은 추도식에 모여서 재미있게 지내고, 맛난 것도 먹지 않겠냐.'고 했다. 진담과 농담이 섞여 있어서 서글펐다.

어머니는 5월에 떠나셨다. 가정을 꾸리고 지키던 어머니가 떠났다. 오래 공경을 받아야 할 어머니는 떠났다. 부부의 날이 있는 달에 아버지를 홀아비로 만들었다. 막막하고 애통했다.

그러나 어머니의 장례식을 치르면서 많은 손님을 맞이하느라 슬퍼할 시간이 없었다. 찾아오는 문상객을 담담히 맞이했다. 슬픔이 보류된 분주하고 바쁜 장례식이었다. 또한 어머니가 예수를 믿고 돌아가셨기에, 100%로 천국에 가셨다고 믿었다. 그 결과 어머니의 장례식은 소망과 위로의 장례식이 되었다. 어머니가 자녀들이 지켜보는 가운데 돌아가셨기에, 아쉽지만 아쉬움이 크지 않는 장례식이었다. 돌아가신 시간도 저녁 23시 50분이어서 시간적으로도 쫓기지 않았다. 어머니는 늘자식들에게 도움을 주고 사후에도 자녀들에게 은혜를 베풀어 주셨다.

어머니가 돌아가신 지 16년이 지났다. 16년 동안 어머니의 말씀대로 내가 죽으면 너희들은 좋겠다는 일들이 일어났다. 어머니가 돌아가신 날에 아홉 자녀와 며느리와 사위가 모두 모이는 날이다. 죽음 때문에 만나고 산 사람끼리 만난다. 바쁜 일을 뒤로하고 만나는 깊이와 삶의 의미가 있기 때문이다.

어머니가 돌아가신 날은 슬픈 회상이 별로 없다. 천국에 가셨기에 기쁘게 추억한다. 추도식에 모일 때마다 이야기를 나누며 5월의 푸르른 자연을 보는 것도 좋은 일이다.

어머니 기일엔 1박 2일로 모인다. 금요일 오후부터 토요일 오전까지다. 팬션이나 기도원이나 산림청에서 운영하는 숙소에서 모인다. 저녁 식사와 아침은 가족이 함께 만들고, 밤새도록 온갖 이야기를 나눈다. 주변을 산책하는 여유도 있다. 토요일 점심은 식당을 예약하고 먹는 수고만 하면 된다. 그야말로 어머니의 말씀대로 '내가 죽으면 너희들은 좋겠다'는 말씀이 이루어진 것이다.

추도비용은 어머니 장례식을 마치고 가족 기금으로 남긴 것을 부담 없이 사용한다. 누구도 개인적으로 부담할 필요가 없다. 아버지 장례식 후에도 가족 기금을 추가하여 추도비용을 비축했다. 이 기금도 우리가 마련한 것이 아니라, 부모님이 우리에게 남긴 유산이다. 부모님

은 자식들에게 즐겁게 모일 수 있게 좋은 날을 잡으시고 비용까지 남겨
주셨다.

어머니가 살아 계실 때 자녀들은 그 곁에 있으므로 좋았다. 이제는
자녀들 곁에 돌아가신 어머니가 계신 것 같아 더욱 좋다. 어머니는 돌
아가셨어도 자녀 곁을 떠나지 못한다. 자녀들은 어머니가 돌아가셔도
그 곁을 떠날 수가 없다. 화재 현장에서 암탉이 떠나지 않고 병아리를
품었다는 실화가 있었다. 어머니는 죽음으로 자식을 품고, 자녀들은
병아리처럼 죽은 부모의 품 안에서 삶을 살고 있는 것이다.

'더도 말고 덜도 말고 한가위만 같아라.'는 말처럼 우리는 '더도 말고
덜도 말고 아버지와 어머니의 추도 날만 같아라.'라고 말한다. 부모님
이 살아 계실 때에도 은덕을 받고, 돌아가신 후에도 그 은혜를 누리고
살고 있다.

하나님은 천지를 창조하고 그 창조물을 보시며 '좋았더라.'라고 했
다. 그리고 마지막 날 아담과 하와를 하나님의 형상대로 만들고 자연
과 사람을 보면서 심히 좋았더라고 했다. 우리는 지금 어머니의 기일
이 되면 심히 좋게 지낸다.

예수는 십자가를 지고 돌아가셨다. 예수의 죽음으로 기뻐하고 좋아
할 사람이 있다. 예수는 죄인을 위한 희생물이 되었고, 하나님과의 관
계 회복을 위한 화목 제물이 되셨다. 그러므로 회개하는 죄인과 예수
의 죽음을 믿는 사람들에게는 좋은 일이 생긴 것이다. 예수는 모두 이
루는 죽음을 죽었다. 나는 은퇴 전부터 잘살기 위한 욕심을 내려놓고,
잘 죽어서 자녀들이 행복하기를 기도한다.

우리는 잘 지내요 어머니 2

어머니는 건강할 때도 특별히 추위에 약한 며느리를 걱정했다. '내가 따뜻할 때 죽어야 할 텐데, 그것이 걱정이다.' 추울 때 죽으면 며느리가 고생할까를 생각하면서 하신 말이다. 하나님께서 어머니의 소원을 들어주셨는지 따뜻한 봄 5월에 우리 곁을 떠났다.

어머니의 장례식장 결정에도 숨겨진 사연이 있었다. 장례식장을 알아보다가 결정하기 직전에 이모부의 지인이 장례식장을 개원한다는 소식을 들었다. 그 장례식장 홍보를 위해 무료 사용 기간을 둔다고. 우리는 3층 200평 장례식장을 3일간이나 사용했다. 그리고 9남매의 문상객도 많았다. 그 결과 장례식장 측도 많은 사람에게 홍보되어 좋고, 우리는 3일간 무료로 사용한 것이 미안하지 않게 되었다. 9남매를 키우시느라 헌신의 일생을 살아오신 어머니는 임종 후에도 선물 같은 장례식장을 마련해 주셨다.

아버지가 돌아가신 후에도 일정 금액을 가족 기금으로 떼어 놓았다. 이 기금노 아버지가 남겨 주신 선물로 생각했다. 그래서 16년째 기일마다 사용하고 있다. 아버지 기일에는 하루만 잠깐 모인다. 어머니 말씀대로 1박 2일은 우리에게는 너무나 좋다. 아버지와 어머니의 기일이 약간 떨어져 있어서 잊을 만하면 다시 모이게 되어서 좋다. 아버지와 어머니의 돌아가신 계절이 달라서 모이기에도 더욱 좋다. 부모님의 임종 시간도 자식들에게 주는 의미가 있는 것 같다.

코로나 팬데믹 시기에는 1박 2일로 모일 수 없어서 아쉬움이 많았다. 특별히 감사한 것은 아홉 부부가 아직은 건강하다는 것이다. 큰누나가 70대 후반이고 막내 여동생이 회갑이 가까웠으니, 언제까지 이 모임이 100% 참석하는 모임이 될지는 알 수 없다.

예수께서 십자가에서 죽으셨을 때, 두려웠던 제자들은 장례식도 치르지 않고 모두 도망갔다. 엉뚱한 사람인 아리마데 요셉이 장례를 거행했다. 예수가 3일 만에 부활하여 찾아오시기까지, 제자들은 2박 3일간 어둠의 시간을 경험했다. 제자들은 예수를 생각하고 모이기 시작했다. 예수가 죽은 날을 기념하기 위해서는 모이지 않았다. 그러나 예수가 부활한 날을 기일로 모인다. 이날이 주일이며 부활한 예수를 만나고 예배를 드린다.

사람은 죽은 날을 기념하고, 기독교는 예수가 부활한 날을 기념한다. 사람에게는 죽는 날도 중요하듯, 죽음도 중요하다. 부활의 날이 중요하듯, 살아 있는 나날은 더욱 중요하다.

믿는 자는 복이 있나니

영국의 철학자 베이컨은 세 종류의 사람을 논거했다.

첫째는 거미와 같은 사람이다. 거미는 길목에 거미줄을 쳐 놓고 기다린다. 파리나 모기 나비와 잠자리가 걸려들면, 재빨리 달려가서 자신의 독을 주입시키고 거미줄로 꽁꽁 묶어서 저장한다. 그리고 그것을 먹이로 한동안 잘 먹고 잘 산다. 다른 생명을 희생시키고 사는 사람이 이와 같은 사람이다. 다른 사람의 안위 따위는 신경 쓰지 않고, 다른 존재를 손해 보게 하고 이익을 챙기며 사는 사람. 다른 사람의 약점을 이용하여 뭔가 챙기는 사람이 거미 같은 사람인 것이다.

둘째는 개미 같은 사람이다. 개미는 아침부터 저녁까지 쉬지 않고 일하는 부지런한 동물이다. 쉬지 않고 죽을 때까지 일만 한다. 땅속에 궁전을 건축하고, 자손들을 번식하며, 양식을 가득 쌓아 놓고 산다. 먹을 양식이 충분해도 쉬지 않고 계속 일을 하는 부지런함이 있다. 개미는 다른 곤충에게 피해를 주지도 않으며, 도움을 받지도 않고 살아간다. 스스로 책임을 다하며 다른 사람을 위해 일하지 않고, 오직 자신만을 위해서 일하는 사람이다. 다른 사람에게는 관심이 없으며 오직 자기 자신에게만 관심이 있다. 상호관계보다 자신을 중요하게 여긴다. 이런 사람은 개인주의적이요, 자기중심적인 삶을 산다.

셋째는 꿀벌과 같은 사람이다. 꿀벌은 개미 못지않게 부지런하다. 한 순간도 쉬지 않고 꿀을 모아서 꿀통을 가득 채운다. 꿀벌의 부지런함은 개미와 같다. 꿀벌의 꿀은 다른 생명체에게도 양식이 된다. 꿀을 도둑맞아도 낙심하지 않는다. 꿀벌은 열심히 일해서 자신도 살고, 꿀을 제공하는 꽃의 화분작용을 돕는다. 꿀벌 유형의 사람은 다른 사람을 유익하게 한다. 공동체를 이롭게 하는 사람이다. 이타주의적 사람이요, 공동체 의식이 강한 사람이다. 자기중심과 타인 중심의 삶을 동시에 사는 사람이다.

나는 딸이 7명인 딸 부잣집 장남으로 태어났다. 어릴 때부터 지금까지 부모님의 사랑과 혜택을 받으며 살아왔다. 누나와 동생들의 도움과 배려를 늘 받았다. 내가 다소 잘못해도 대부분 이해하고 지나갔다. 다른 사람들보다 물질적 혜택도 많이 누리고, 고생은 덜하고 살았다. 대학을 졸업하고 신대원에 다닐 때까지 등록비와 기숙사비 그리고 책값까지 지원받으며 어려움 없이 학업을 마쳤다. 지금 기거하고 있는 아파트도 교회를 개척할 때 아버지가 문전옥답을 팔아서 장만해 준 집이다.

다른 형제들보다 부모로부터 다양한 혜택을 받으며 산 것은 이루 다 말할 수 없이 많다. 목사라는 이유로 가족 간의 모임에서도 배려를 많이 받았다. 부모님들이 자식들에게 유산을 주실 때도 장남과 목사라는 이유로 두 배를 주셨다. 누나와 동생들은 모두 이해하고 당연시했다. 나는 다소 가난한 목사로 살면서 부모와 누나와 동생들로부터 받은 혜택도 갚지 못하고 있다. 그저 미안하고 감사하게 여기며 살고 있다. 생각해 보니 나쁘게 산 것은 아니지만, 잘 살았다고 할 수는 없을 듯하다.

나는 살아오면서 잘못한 일도 많았다. 하지만 잘한 일이 딱 하나 있다. 나와 부모님과 가족에게 잘한 일이라고 생각된다.

첫째는 내가 우리 집에서 제일 먼저 교회에 나가 예수를 믿은 것이다. 미션스쿨에 다니며 성경을 배우다가 은혜를 받고 교회에 다니게 되었다. 나는 어려서 부모님이 절에 내 이름을 올리고 다른 아주머니를 양어머니라고 하는 것이 정말 싫었다. 그러던 내가 제일 먼저 예수를 믿게 된 것은 하나님의 은혜 외에 달리 설명할 길이 없다. 내가 예수를 믿은 후 어머니와 누나들과 동생들이 교회에 나와서 예수를 영접하게 되었다. 어머니는 교회에 다니고 예수를 믿으니까, 마음이 편하다고 하셨다. 어머니와 누나와 동생들은 교회의 권사가 되었다. 나중에는 예수 믿는 것을 반대하고 성경책을 찢었던 아버지도 예수를 믿고 장로가 되었다. 내가 예수를 믿고 온 가족이 교회에 나온 일은 가족을 위해서 잘한 일이었다.

둘째로 내가 우리 집에서 잘한 일은 목사가 된 것이다. 아버지는 내가 목사가 된다고 대학교와 신학교에 들어갈 때 무척 반대하셨다. 그런데 아버지도 내가 장로회 신학대학원 졸업하던 해 생신날, 스스로 교회에 나오시고 나중에 장로가 되었다. 목사가 되니, 가정에서 행사가 있을 때 다른 목사님을 모시지 않아도 되었다. 가족 모임의 예배를 인도하게 되어서 좋았다. 특별히 아버지와 어머니의 추도예식을 드릴 때, 아들인 내가 주관하여 편하게 인도할 수 있어서 좋았다. 벌써 아버지는 8주기요, 어머니의 추도예배는 16년이 지났다. 가족의 특별한 모임에 목사로서 기도할 수 있으니, 목사가 된 것은 가족을 위해서 잘한 일인 것 같다

셋째로 목사로서 아버지와 어머니의 임종을 앞두고 예수를 찾고 부르고 믿음을 지키도록 격려하고 기도한 일은 잘한 일이라 생각된다. 마지막 순간에 '하늘 가는 밝은 길이' 찬송할 때 어머니가 눈을 떠서 온 가족을 둘러보시고, 돌아가셨다. 아버지 또한 임종을 앞두고 천국 소망을 갖고 하나님 앞에 가시게 한 것은 기쁜 일이라 생각된다.

예수는 받는 자보다 주는 자가 복이 있다고 말씀하셨다. 부모님과 누나와 동생들은 나에게 많은 것을 베풀었다. 그들은 나에게서 받은 것도 없이 주었기에, 복이 있는 사람들이다. 그러나 나는 우리 집에서 제일 먼저 예수를 믿고 가족들이 믿을 수 있는 동기를 주었기에, 나도 복있는 자라고 할 수 있을 것이다. 돌이켜 보니, 우리 가족들은 서로에게 복을 짓는 자들이다. 바울이 나의 나 된 것은 하나님 은혜라고 말했다. 우리 가족이 이렇게 된 것은 하나님의 은혜라 고백하며 감사드린다.

고향 집

내가 어린 시절 대다수의 시골집들은 동물농장 같았다. 집집마다 소와 돼지 그리고 개와 여러 마리의 닭을 키웠다. 아버지는 소 한 마리와 돼지 두어 마리, 개 두 마리와 30여 마리의 닭과 여남은 마리의 토끼를 키웠다. 사람들과 동물들이 한 지붕 밑에서 살았다. 한 지붕 아래서 동물 소리를 듣고 동물들을 만지며 살았다. 동물들이 음식물 찌꺼기를 처리했다. 동물의 먹이는 농사의 부산물을 이용했으므로, 사료값이 거의 들지 않았다. 동물들은 가정경제에도 일조했다.

따뜻한 봄이 되면, 어미 닭이 품어서 부화한 병아리 30여 마리가 우리 집 안마당에서 종종거렸다. 암탉이 병아리를 날개 아래 품어 지키고 잠자는 모습은 신기했다. 병아리들이 암탉의 날개 아래 있다가 머리를 내미는 모습도 귀여웠다. 어미 닭은 먹을 것이 있으면 병아리를 불러 모아, 부리로 모이를 잘게 쪼개 주었다. 시골 마당은 개와 병아리들이 자유롭게 놀고 성장하는 곳이었다.

병아리들은 시궁창에서 지렁이도 잡아먹었다. 거름 무더기를 헤며 그 속에 있는 벌레도 잡고 지렁이도 잡았다. 우리는 날마다 좁쌀이나 쌀겨를 물에 타서 병아리와 닭의 모이로 주었다. 연한 독사 풀을 베어

다가 짧게 잘라 주면, 병아리들은 더욱 맛나게 먹었다. 때로는 시내와 논에서 물고기나 개구리 미꾸라지를 잡아다가 던져 주면, 닭들이 몸보신하는 날이었다. 닭들은 스스로 먹이를 찾고, 알아서 잠자리에 들어간다. 때로는 우리 집 담을 넘기도 했다. 그럴 때 닭을 잃어버리지 않기 위해 양쪽 날개 위에 진한 물을 들여 우리 집의 닭임을 표시를 했다. 병아리에서 장성한 닭으로 자랄 때까지 하루하루의 관심과 노력이 필요했다.

병아리가 큰 닭이 되면, 매일 알을 하나씩 낳는다. 나는 이 알을 매일 하나씩 먹었다. 어머니는 이 달걀로 가족의 반찬을 만들고, 도시락 반찬으로도 싸 주셨다. 한편 아버지는 이 달걀을 모아 놓았다가 열 개씩 한 꾸러미로 만들어 놓는다. 어머니는 그 달걀을 팔아서 월사금이나 차비로 사용했다. 때로는 집으로 찾아오는 보따리 장사들과 물물교환도 했다. 달걀은 가족의 지갑과 식단과 가정경제에 도움이 되는 소득원이었다.

부모님은 한 달에 두세 번 닭을 잡았다. 명절에도 닭을 잡고 생일날도 닭을 잡았다. 그리고 복날이나 더위에 지쳐서 힘이 없거나, 입맛이 없을 때도 닭을 잡았다. 부모님이 닭을 잡는 날은 가족이 몸보신하는 날이요, 가족 잔칫날이다. 닭을 잡는 날은 닭이 죽는 날이 아니요, 우리가 사는 날이다.

1960년대는 고기가 무척 귀했다. 명절이나 생일에만 황우 도강탕을 맛볼 정도였다. 냉장고도 없어서 고기 보관도 문제였다. 종종 쥐가 훔쳐 먹는 피해를 막기 위해 처마 밑에 매달아 놓았다.

어머니의 밍크이불

아버지가 닭을 잡을 때는 나름의 순서가 있었다. 첫째는 수탉 한 마리만 종자닭으로 남겨 놓고, 수탉을 먼저 잡았다. 둘째는 알을 낳지 않는 암탉, 셋째는 알을 낳기는 낳지만 적게 낳는 닭이 먼저 죽음을 맞이했다. 넷째는 평소에 말을 잘 듣지 않고 이웃집에 가서 주인의 속을 썩이는 닭, 다섯째는 늙은 암탉, 여섯째는 남은 닭 중에서 무게가 많이 나가는 닭이다. 우리 집은 9남매였기 때문에, 닭 한 마리를 잡으면 누구 한 사람의 간에도 기별이 가지 않았다. 닭을 잡으려면 모이를 주고 닭이 모여들면 한 번에 잡아야 한다. 한 번에 잡지 못하면, 그다음 닭을 잡을 때 두 배로 힘들었다. 그렇지 않으면 닭장에 모이를 주고 잡았다. 나는 아버지가 닭을 잡아서 털을 뽑고 우물에서 배를 가르고 내장을 정리하는 것을 구경하곤 했다. 나는 아버지가 닭을 잡을 때 우물물을 길었다. 알을 낳지 않는 암탉을 잡았는데 배 속에 작은 알들이 많이 있으면, '잘못 잡았구나.' 아쉬워하셨다. 닭 손질이 끝나면, 어머니의 손으로 넘어갔다.

어머니는 큰 솥에 물을 그득 끓여 놓고 기다린다. 깐 마늘도 풍성히 넣었다. 돌멩이처럼 단단한 마른 인삼도 여러 개 넣는다. 소금으로 간을 하고 닭을 푹 삶아 낸다. 삶은 닭을 큰 쟁반에 담아서 마루에 옮겨 놓으면, 온 가족이 빙 둘러앉는다. 어머니는 뜨거운 닭고기를 손으로 정리해 주셨다. 우리는 서로 한 점이라도 더 먹으려고 경쟁을 했다. 다투다가 울기도 했다. 그러나 어머니는 그조차 잡수시지 못하고 자녀들이 먹는 것을 보며 흡족해했다. 어머니는 왜 안 드시느냐고 물으면, 고기를 좋아하지 않는다고 했다. 사실 어머니는 육식보다 생선을 더 좋아하셨다. 그것도 생선의 머리를 좋아했다. 그러나 속마음도 그러셨는지 지금도 모르겠다.

삶은 닭고기는 순식간에 사라진다. 이제 다음 순서가 기다린다. 닭죽이 닭 잡는 날의 마지막 코스요리다. 닭고기 못지않게 맛있고 풍성한 식사였다. 닭고기로 배를 채우지는 못했지만, 고소하고 보드라운 닭죽은 포만감을 주기에 충분했다. 육류를 풍족하게 섭취하는 요즘엔 지방을 적게 먹으려고 하지만, 당시에는 육류의 기름 덩이도 없어서 못 먹을 때였다. 닭고기 잔치로 한참이 지나면 마룻바닥엔 닭기름이 번들거렸다. 입과 손도 미끌미끌했다. 닭 뼈들은 망치로 깨서 개 먹이로 주면 잘 받아먹었다.

닭 잡는 날은 가족의 몸보신의 날이며 배불리 먹는 날이었다. 부모님은 닭을 키우고, 나는 달걀을 먹고, 우리 집 식구들은 닭고기를 먹으며 행복해했다.

이렇게 일 년이 흘러가고 흘러갔다. 봄이 되면 또 30여 마리 병아리가 안마당에서 종종거렸다. 지금은 닭백숙보다 프라이드치킨이 대세다. 그러나 나는 지금도 튀긴 닭보다 닭백숙이 훨씬 좋다. 닭백숙은 아버지와 어머니를 떠올리게 하고, 함께 자란 누나와 동생들을 생각나게 한다. 또한 시골집의 추억 속으로 나를 데려간다.

마당에서 자라고, 아버지가 잡고, 어머니가 요리한 닭백숙을 먹던 힘으로 지금까지 살아온 것 같다. 시간과 여건이 되면, 큰 토종닭 두어 마리를 푹 고아 놓고 고향 집 마루에 둘러앉아 부모님 이야기 나누고 싶다. 그때 그 아이들처럼.

부모의 이름으로

아버지와 어머니는 60세가 지나면서부터 관절염 때문에 고통스러워하셨다. 농촌에 살아도 농사일이 많지 않은 사람은 관절염을 덜 앓는 것 같았다. 짐을 들고 나르는 일이 적기 때문이다. 농사일이 적은 사람은 관절염이나 척추질환은 덜 앓았으나, 먹을 것이 부족해서 경제적인 부담이 늘 있었다. 우리 부모님은 아홉이나 키우고 먹이고 교육해야 했으니, 더욱 고달팠을 것이다. 우리 집은 동네에서 벼농사를 제일 많이 지었다. 그래서 먹을 것과 땔감은 넉넉했다. 우리 남매는 논농사 덕분에 잘 먹고 잘 입고 상급학교에도 다닐 수 있었다.

아버지와 어머니는 농사일 때문에, 하루도 쉴 틈이 없고 날마다 무거운 짐과 씨름했다. 자녀들의 뒷바라지를 해 주고 싶은 욕심이 일 욕심이 되고, 일 욕심은 육체적인 고생으로 이어졌다. 요즘처럼 경지정리가 되었거나 경운기나 트럭이 있었다면, 무거운 짐을 등에 지거나 머리에 이고 다니는 일은 덜 했을 것이다.

우리 논은 연이어 붙어 있지 않고, 다랑이가 동서남북으로 떨어져 있었다. 농사를 지을 논이 멀리 있다 보니, 매일 논에 다니는 일도 중노동이었다. 좁고 미끄러운 논두렁을 지나서 가야 하고, 이 논에서 저 논으로 계속 옮겨 다녔다. 일이 많을 때는 하루에도 몇 번씩 다녀야 했기에, 무릎이 쉴 날이 없었다.

농사철이 시작되면, 퇴비나 비료를 멀리 있는 논으로 옮겨야 했다. 무거운 지게를 지고 구불구불한 논두렁을 아슬아슬하게 걸을 때는 어깨와 허리와 무릎과 다리에 힘을 주어야 한다. 겨울철에는 뒷간의 거름을 담은 질통을 양어깨에 메고 논밭으로 퍼 날랐다. 정말 냄새나고 힘든 일이었지만, 비료가 없던 시절이라서 농사를 짓는 일은 다양한 노동을 요구했다. 무거운 짐을 나르는 일은 농사꾼의 숙명과도 같다.

모내기할 때도 모판에서 모를 떼어낸 다음 지게로 날랐다. 옮겨놓은 모는 종아리까지 빠지는 진흙탕에서 한 줌 한 줌 손으로 떼 내어 모내기했다. 진흙이 다리를 붙잡고 있어서 놓아 주지 않는다. 한 발짝 떼는 일도 무릎에 무리가 갔다. 농약을 칠 때는 무거운 농약 통을 등에 짊어지고, 한 손으로는 피스톤 펌프질을 했다.

가을에는 볏단을 지게에 지고 마당으로 옮겼다. 멀리 있는 논에서 좁다란 논길을 걸어서 종일토록 옮겨야 했다. 그러한 추수는 한두 시간이 아니라, 며칠 동안이나 계속되었다. 때론 논에서 벼 추수를 하게 되면, 벼 가마니를 지게에 지고 옮기는 고행이 기다리고 있었다.

어머니는 아버지와 똑같이 들일을 하면서 점심과 새참을 준비했다. 새참과 점심을 늘 머리에 이고 다녔다. 뜨거운 국물과 밥을 담은 무거운 다라이(넓고 둥그런 고무 그릇)를 이고 언덕을 지나 냇물을 건너 무더운 여름 길을 걸어오셨다. 어린 나는 술병과 물병을 들고 어머니 뒤를 따랐다. 그렇게 힘이 들지는 않았다. 그러나 어머니는 늘 고맙다 하셨다. 어머니는 점심이나 새참을 지으며 때맞추어 먹거리를 대느라 종종거리셨다. 또한 그것을 머리에 이고 날라야 했으니, 허리는 아프고 무릎은 시렸을 것이다.

어머니는 대가족의 빨래를 쪼그리고 앉아서 했다. 한참 만에 한 번 일어서면서 "아이구, 시원해." 하시곤 했다. 수십 년 동안 농사와 시골 살림살이를 하시느라, 무릎이 성할 날이 없었다.

전주 남문시장에 갈 때도 차비를 아끼기 위해 걸어갔다가 걸어서 돌아왔다. 시장에 갈 때는 곡식을 이고, 올 때는 생선이나 생필품을 머리에 이고 다녔다. 돌이 많은 비포장길이었고, 신발은 미끄럽고 얇디얇은 고무신이었다. 그러니 또한 무릎이 고생이었다. 우리 부모님은 결혼 후 40년 이상을 이렇게 사셨다. 그러니 무릎이 온전할 리가 없었다. 물리치료를 받아도 그 순간뿐, 별반 좋아지지 않았다. 그래서 진통제를 계속해서 복용했다.

부모님은 관절 고통이 있어도 일을 그만둘 수가 없었다. 주무실 때도 "아이고 아파."하며 깊은 잠에 들지 못하셨다. 그런데 아침이 되면, 언제 그랬냐는 듯 다시 아픈 다리를 이끌고 일을 시작했다. 어머니는 관절에 물이 차올라서 한쪽 무릎이 풍선처럼 부어오르기도 했다. 그러면 병원에서 물을 한 사발이나 빼냈다. 두 분 부모님은 관절염 때문에 앉고 일어서는 것과 걷는 것도 힘들어했다. 무엇인가를 붙잡고 일어나거나 힘쓰고 애써야 일어날 수 있었다. 걷는 것도 자유롭게 걷지 못했다. 어린 나는 상상하기 힘든 일이었다. 그러나 나는 그 아픔을 충분히 알지 못했다.

아버지는 70세가 넘어서 두 다리 모두 관절 수술을 받았다. 그리고 걷는 대신에 주로 자전거를 타고 다녔다. 그러면서 무릎 통증이 덜하고 쉽게 이동할 수 있었다. 지팡이는 필수품이 된 지 오래다. 아침에는 네 발, 점심에는 두 발, 저녁에는 세 발로 다니는 것이 사람이라는 말이 있다. 부모님은 인생의 저녁 시간이 되어 이제 세 발로 다니게 된 것이다. 이제 지팡이를 잡든지 누군가의 손을 잡아야 안전하게 걸을 수 있다.

어린 시절에는 내가 부모님의 손을 잡고 걸었는데, 이제는 부모가 자식의 손을 잡아야 걸을 수 있는 시간이 되었다. 교회 승합차를 타고 갈 때에도 앞에서 당기고 뒤에서도 도와주어야 한다. 아들이 보기에도 안타깝고 답답한데, 본인은 얼마나 힘드실까. 나에게 승용차가 있었다면 편히 모실 수 있었을 텐데. 그저 죄송한 마음뿐이다.

아버지와 어머니는 관절염 때문에 신체이동의 자유를 제한받는 장애인처럼 살았다. 가고 싶은 곳을 자유롭게 갈 수 있는 자유를 잃었다. 관절염은 무거운 일 때문에 얻은 병이지만, 사실은 자식 때문에 얻은 병이나 다름없다. 수고하고 무거운 짐을 지고 살았기 때문에, 9명의 자녀가 성장할 수 있었다. 하지만 부모는 자녀를 원망하지 않았다. 나는 장남으로서 부모의 무거운 짐을 덜어 드리지 못했다. 철없는 장남과 무지한 장남으로 살았다.

나는 부모님 덕분에 관절염 없이 산 것 같다. 부모님이 공부를 시켜 주셨기 때문이다. 어릴 때부터 식사할 때도 양반다리를 하지 않고 상 밑에 다리를 쭉 뻗거나 옆으로 펴고 먹었다. 가부좌를 틀면 다리가 아프고 힘들어서 불편했다. 가끔 아버지가 양반다리를 하라고 했지만, 굳이 강요하지 않아서 관절에 도움이 된 것 같다.

어머니의 밍크이불

나는 또 좌식 예배당에서 예배를 드리는 것이 큰 고통이었다. 다리는 아프고 설교는 귀에 들어오지 않았다. 한 시간 예배를 드리면, 다리의 자세를 열 번은 고쳐 앉았다. 무릎을 꿇고 기도하는 것은 더욱 힘이 들었다. 처음 기도를 시작할 땐 무릎 꿇고 시작하나, 나중에는 다리를 뻗고 했다. 나는 지금도 무릎을 꿇지 못한다. 그래서 내가 편한 자세로 기도한다. 그래야 편히 기도할 수 있다.

요즘 나는 하루에 아파트 계단 100층을 오른다. 관절염이 없어서 아직은 전혀 불편함이 없다. 아파트 계단을 오르면서 건강 주심을 감사한다. 부모님 덕분에 관절염이 없으니, 오늘도 아파트 계단을 걷는다.

예수님은 "수고하고 무거운 짐 진 자들아 다 내게로 오라."고 하셨다.

예수님은 우리 부모님이 너무도 수고하고 무거운 짐을 지고 사셨기에, 믿도록 불러 주셨다.

현대인들도 수고하고 무거운 짐을 지고 산다. 경제적인 짐, 정신적인 짐, 죄악의 짐, 책임과 사명의 짐을 지고 살기에 예수께로 나아가야 한다. 하나님의 말씀은 살아 있고 활력이 있어, 어떤 날선 검보다도 예리하여 혼과 영과 관절과 골수를 찌르고 쪼갠다. 말씀의 힘이 우리의 아픈 데를 찔러서 치료해 주시리라 믿는다. 말씀의 치료 역사가 있기를 바란다.

야고보는 너무 많이 무릎 꿇고 기도하여 낙타 무릎이 되었다. 우리 부모님은 일하면서 관절염이 생겼다. 기도하는 것은 영적으로 성스러운 일이지만, 노동도 성스러운 일이다.

우리 부모님의 무릎 관절염은 자녀를 위한 노동의 결과였다. 부모님께 죄송하고 감사할 뿐이다.

부모도 흔들리며 산다

식물은 어둠 속에 뿌리를 내리고 바람에 흔들리며 생존한다. 흔들리지 않고 피는 꽃은 없다. 작은 바람에는 작게 흔들리고 큰 바람에는 크게 흔들린다. 그렇게 흔들리며 꽃을 피워 내고 열매를 맺는다. 흔들리다가 부러지고, 뿌리가 뽑히기도 하고, 꽃을 피우다 넘어지기도 한다. 심지어는 열매를 풍성히 맺고 부러지면 미처 여물지 못한 열매가 바닥에 떨어진다.

작은 나무도 예외는 없다. 작은 나무들도 흔들리며 성장하고 큰 나무로 자란다. 천 년 묵은 나무는 천년의 흔들림이 있으므로, 삶의 에너지가 더욱 풍부해진다. 부모는 흔들리는 나무다. 흔들려도 삶의 뿌리를 내리고, 흔들려도 꺾이지 않으며, 일생을 흔들리고 흔들리며 살아간다.

우리 부모님은 일제 강점기에 태어났다. 일제 강점기에 청소년기를 살았다. 국가와 민족이 흔들릴 때 흔들리지 않을 국민이 있을까. 두 분 부모님은 결혼 후 아이를 낳고 6.25 전쟁을 겪었다. 아버지는 참전용사였다. 아버지는 아내와 자식을 두고 전쟁터로 향했다.

우리 집은 딸이 7명, 아들이 2명인 딸 부잣집이다. 어머니는 딸을 낳으면 윗목으로 밀쳐 놓았다. 아홉 자녀가 다투고 울 때마다, 부모님은

'전생에 무슨 죄가 많아서 아이를 많이 낳고 이 고생을 하며 저 꼴을 보는가.' 한탄했다. 자녀의 성장은 부모님의 노고의 산물이다. 우리 부모님은 아홉 번이 아니라, 구만 구천 번은 흔들렸을 것이다. 우리 부모님은 기성회비, 책값, 학용품값, 차비 때문에 항상 돈이 있어야 했다. 어머니의 주머니에 돈이 떨어지면, 부도가 나는 날이다. 반드시 빚낸 돈이라도 지니고 있어야 했다. 돈이 떨어지면, 어머니는 곧장 돈을 빌리러 갔다.

우리 부모님은 농사일 때문에 몹시 고달픈 삶을 살았다. 봄에는 씨를 뿌리고, 여름에는 김을 매고 소독하고, 가을에는 추수했다. 어머니는 일꾼들 새참과 점심식사 준비와 농사일을 해야 하니, 몸과 마음이 고달팠을 것이다.

아버지는 막걸리를 좋아하셨다. 막걸리에 취하는 날은 부부싸움이 일어났다. 싸움이 시작되면 거친 말과 험한 말을 하게 마련이다. 어머니는 못 살겠다 하시다가도, 자식들 때문에 안 살 수도 없다고 푸념하셨다. 부모가 불화하면 자녀들은 불안하다. 게다가 두 분 부모님은 노년에 관절이 심했다. 아버지는 관절 수술을 하고 자전거를 탔다. 주무실 때에도 신음 소리를 내셨다. 노년의 어머니는 당뇨 때문에도 고생하셨다. 자식들을 모두 키우고 나니, 육신엔 질병만 남았다. 노년에는 약을 한 주먹씩 드시며, 약 기운으로 버텼다. 누구나 노년에 이르면, 몸은 약해지고 마음도 약해진다.

사람은 죽음 때문에 몸과 마음이 흔들리며 살아간다. 그것은 누구나 겪는 인생의 마지막 흔들림이다. 죽음 앞에서는 거의 모든 사람이 흔들린다. 죽음이 두렵기도 하지만, 자녀를 생각하면 죽음 앞에서도 살고자 하는 의지가 생겨나서 갈등하게 된다.

나는 목사로서 부모님의 임종을 지키며 하나님만 찾고 믿게 했다. 그래서 흔들림 없이 죽음을 받아들이시도록 했다. 나는 부모님이 일생을 흔들리며 살다가, 죽음 앞에서는 흔들림 없이 가셨다고 생각한다. 우리 부모님은 9남매를 양육하느라 바람 잘 날 없었지만, 흔들릴수록 뿌리를 깊게 내렸다. 자식들을 키우고 지키며 고등교육을 받게 했다. 부모님이 계셨기에, 우리는 덜 흔들리며 살고 있다.

예수는 40일 금식기도 후에 마귀가 찾아와서 세 번이나 예수의 믿음을 흔들었다. 하지만 성령 충만으로 흔들리지 않고 믿음을 지켰다. 예수는 십자가 죽음을 앞에 두었으나, 겟세마네 동산의 기도로 흔들리지 않을 수 있었다. 마귀는 가룟 유다의 마음에 예수를 팔아넘기겠다는 생각을 불어넣었다. 그리하여 은 삼십 냥에 믿음이 흔들린 유다는 결국 예수를 팔았다. 아담과 하와는 마귀의 말을 듣고 흔들려서 선악과를 따 먹었다. 바울은 부활장에서 '내 사랑하는 형제들아 견실하여 흔들리지 말고 항상 주의 일에 힘쓰는 자들이 되라.'고 했다. 이는 우리의 수고가 주 안에서 헛되지 않게 하려 하심이었다.

나는 인생의 긴 시간을 목사로 살아왔다. 지난날 흔들리면서도 믿음 속에서 사명과 책임을 다하려 노력했다. 흔들리며 살았지만, 중도에 꺾이지 않았고 뽑히지 않았다. 더욱 깊이 뿌리를 내렸다. 흔들릴 때마다 더욱 믿음을 지키려고 노력하며 목회생활과 가정생활을 이어 왔다. 나는 흔들리기 쉬운 인간이나, 부모님처럼 살아가고 있다.

부모는 영원한 집이다

나이가 들어 글을 쓰다 보니, 부쩍 부모님이 그리워진다. 부모가 나에게 어떤 분이었는가. 어떤 삶을 사셨는가. 요즘 나는 부모와 어떤 관계 속에서 살아왔는가를 끊임없이 묻는다.

우리 부모님을 부모 십계명이라는 주제로 생각하게 되었다.

첫째, 정직하게 살았다. 부모님은 우리가 어릴 때부터 거짓말을 하지 말라. 정직하게 살아야 한다고 자주 이르셨다. 어쩌다 거짓말을 하게 되면, 무섭게 꾸중하셨다. 부모님은 사실을 사실대로 말하다가 오해도 받고, 어려움도 당한 적이 있었다. 항상 원리원칙을 강조하며 정도를 지키려 애쓰셨다.

둘째, 부모님은 인근 마을에서 제일 부지런한 사람이었다. 주변 사람들은 아버지에게 관할 면에서 제일 부지런한 사람이라고 했다. 농부는 부지런해야 한다. 농사가 많은 사람은 농토를 놀리지 않기 위해 부지런히 일하고, 농사가 없는 사람은 부지런히 품팔이를 했다. 아버지는 일찍 주무시고 어김없이 새벽 4시에 하루의 일과를 시작했다. 해가 뜨기 전에 한나절의 일을 했다. 반나절의 수고로 다른 사람의 하루 값을 더 살았다.

셋째, 아버지는 막걸리를 즐겼다. 농사일이 버거워서 막걸리 힘으로 일했다. 일이 많은 우리 집에는 항상 막걸리가 떨어지지 않았다. 막걸리를 즐긴 것이 아니라, 일하기 위해서 드신 것이다. 그러다가 과음하는 날은 아버지의 술주정으로 집안싸움이 일어났다. 나는 그때 절대로 술을 마시지 않겠다고 결심했다. 막걸리에 대한 긍정과 부정의 측면이 있다.

넷째, 부모는 자녀교육에 최선을 다했다. 우리 집은 아들 둘에 딸이 일곱이다. 하지만 부모님은 딸들도 아들 못지않게 가르쳤다. 배워야 살 수 있고, 배워야 고생을 안 한다고 생각하셨다. 너희들은 배워서 아버지처럼 농사꾼이 되지 말라고 늘 말씀하셨다. 농사를 지으면 고생한 만큼 소득이 없다고 하셨다. 우리 집은 자식을 가르치기 위해서 논을 한 뙈기씩 팔아서 농사처가 점점 줄어들었다. 자식들을 가르치지 않았으면, 농사를 지을 땅을 더 많이 살 수 있었다. 그때 동네 사람들은 딸을 대학에 보낸다고 수군거렸다.

다섯째, 부모님은 자식에게 대가를 요구하지 않았다. 요즘 신세대 부모님은 당당하게 요구하기도 한다. 내가 키우고 투자했으니 갚으라는 말도 한다. 그러나 우리 부모님은 뭔가를 사 오라고 하지 않았다. 분명히 필요한 것이 있었겠지만, 자신의 필요보다 자식의 필요를 먼저 생각했다. 늘 '우리는 아쉬운 것이 없어. 나는 괜찮아.'라고 하셨다.

여섯째, 부모님은 자식들에게 이불 같다. 잠잘 때 부모님은 늘 이불을 덮어 주셨다. 이불을 걷어차면 덮어 주고, 자다가 깨어서 다시 덮어 주셨다. 따뜻하게 자면 새 아침을 활기차게 맞이할 수 있다. 마치 암탉

어머니의 밍크이불

의 품에 안긴 병아리들처럼, 우리 9남매는 부모님의 품에서 쉬고 놀고 자고 먹고 공부했다.

일곱째, 부모님은 자식들에게 짐이 안 되었다. 우리 집은 오히려 아홉 명의 자녀들이 부모에게 짐이었다. 부모님은 결혼 후 일생 동안 자녀라는 무거운 짐을 지고 살았다. 그러나 우리 부모님은 자녀들에게 짐이 되지 않았다. 중병을 앓지 않아서 간병과 수술비 등의 의료비 부담을 주는 일도 없었고, 사업 실패 등의 이유로 자식들에게 짐이 되는 일도 없었다.

여덟째, 부모님은 노동과 재정 때문에 자주 다투셨다. 농사일은 '마음은 바쁘고 몸은 피곤한' 노동의 연속이다. 일하다 보면 방법과 시기와 시간과 속도를 놓고 두 분은 자주 대립했다. 일 때문에 싸우고 일을 위해 다퉜다. 다투며 일하고 일하며 논쟁했다. 또한 돈 때문에 갈등도 많았다. 자식들을 기르고 교육받게 하려면, 많은 돈이 필요했다. 교육비 때문에 빚을 지게 되고, 빚은 사람의 마음을 더욱 강퍅하게 만든다. 9남매가 매일 손을 벌리니 그 돈을 준비하느라, 두 분은 허리 펼 날이 없었다. 그럴 때마다 부모님은 '자식이 원수가 아니라 돈이 원수다. 돈이 없는 것이 원수.'라고 했다.

아홉째, 부모님은 노년에 자손들 속에서 편안히 살았다. 아홉 자녀를 키울 때는 정신없이 살았다. 자식들이 결혼하고 손자 손녀가 태어나는 동안은 기뻐하며 산 것 같다. 자식과 손주들이 찾아오고, 손주를 돌보는 피곤한 기쁨도 있었다. 또 자식들이 모두 내 집을 마련하고 사는 모습을 보셨다. 자식들이 집을 사고 집들이하는 날엔 무척 기뻐했다. 노년에는 자식들이 다소 위로가 된 것 같다.

열 번째, 부모님은 임종의 축복과 은혜를 받았다. 아버지는 93세까지 큰 병 없이 사셨다. 또한 오랫동안 아프지도 않고 천국으로 갔다. 어머니는 당뇨로 고생하시다가 82세에 자식들이 지켜보는 가운데서 하나님의 부름을 받았다. 나는 아들로서 그리고 목사로서 부모님이 떠나시는 임종의 순간을 지켰다. 임종을 지켜보며 우리 부모님은 잘 사셨고 잘 돌아가셨다 생각했다. 부모님의 기일에 자녀들이 모일 때 감사하는 마음이 크다.

예수님의 부모 요셉과 마리아는 어떤 분이었는가. 요셉은 의로운 사람이라 약혼녀 마리아가 동거 전에 임신한 것을 알고도, 이것을 드러내지 않고 조용히 마리아 곁을 지켰다. 일을 크게 벌이지 않고 조용하고 지혜롭게 처리하는 사람이었다. 주의 사자가 마리아의 임신은 성령으로 잉태되었다 함을 듣고 마리아를 데려오기를 주저하지 않고 함께 살며 하나님께 순종했다. 반면에 마리아는 주의 사자를 통해 임신한 소식을 듣고 당황했다. 그러나 천사의 설명을 듣고 주의 말씀대로 내가 이루어지이다 하며 하나님께 헌신한 어머니였다. 유월절에 예루살렘에 올라가서 예수를 잃었다가 3일 만에 되찾고, '내 아버지와 내가 근심하며 찾았노라.' 했다. 예수의 부모님은 자식을 지극히 사랑했다. 어머니 마리아는 예수가 십자가에 죽을 때 지켜보며 피눈물을 흘렸다.

바울은 '나의 나 된 것은 하나님의 은혜'라고 했다. 나의 나 된 것은 부모님의 은혜다. 나의 현재의 모습은 부모님의 덕분이다. 부모님이 내 삶의 터전이 되고 집이 되었다. 부모는 자녀들의 집이다.

아버지의 논과 바꾼 아파트

농부에게는 땅이 삶의 터전이다. 그래서 토지를 팔게 되면 몹시 가슴 아프게 생각한다. 더 많은 농토를 구입할 때 농부로서의 자긍심이 살아난다. 우리 집은 동네에서 농사를 많이 짓는 편이었다. 그래서 일 속에서 살았다. 농사처가 많았기에 힘은 들었지만, 시골의 다른 집보다 다소 풍요로웠다. 볏짚도 충분하여 겨울에 따뜻하게 지냈다.

아버지는 젊은 시절 10년간 경찰관으로 재직했다. 그리고 뒤늦게 농사일을 시작했다. 아홉 자녀의 월사금, 육성회비, 기성회비, 차비, 책값, 교복비용 등의 지출이 적지 않았다. 농사수익금으로 감당하기에는 늘 부족했다. 교육비 때문에 빚이 늘어나면, 몇 년에 한 번씩 논을 팔아야 했다. 자식들 교육비가 아니었다면, 우리 집은 오히려 논을 더 살 수 있었다.

부모님은 논 판 돈으로 은행 빚과 농자재비 등을 갚았다. 농부인 아버지는 논을 팔고 돈을 받을 때 돈을 받은 것이 아니라, 빚을 받은 것 같다고 하셨다.

어릴 때 그런 아버지를 뵐 때면, 어쩐지 힘이 없어 보였다. 자식들이 점차 고학년이 되고 대학생이 늘어날수록 논은 몇 마지기씩 팔려 나갔다. 점점 가난한 농부가 되어 간 것이다. 그러나 자식교육에 대한 철학은 한결같았다.

어느 해 아버지는 배추를 심었다. 그런데 그해 배추 가격이 폭락하여 인건비도 나오지 않아서 배추밭을 갈아엎었다. 또 담배 농사를 지은 적도 있다. 그런데 담배 농사일은 엄청난 노동을 요구했다. 거름을 많이 줘야 하고 담배 잎을 따고 엮어서 건조장에 말리는 일은 힘도 많이 들고 일도 많았다. 그리고 담배를 수매하기 전까지 잘 재우고 말려서 뭉을 짚고 다시 일정하게 포장하기까지 그야말로 쉼 없는 노동을 요구했다. 그런데 우리 집은 담배 농사가 잘되지 않아서 고생만 하고 수익은 올리지 못했다. 나는 24시간 고생하는 농사과정을 지켜보며 죽어도 농사는 짓지 않겠다고 다짐했다. 농사가 풍년이면 값이 폭락하고, 농사가 흉년이면 가격이 폭등했다. 이른 봄부터 고된 노동을 한 농부들에게는 날벼락 같은 날씨와 시세 변화였다.

9남매의 학업이 끝나갈 무렵, 우리 집의 논은 얼마 남지 않았다. 그러나 부모님은 여전히 농사를 짓고 장성한 자식들에게 양식을 부쳤다. 어릴 때는 농사일을 도왔지만, 장성한 후에는 멀리 떨어져 살았기에 도울 수가 없었다. 그런데도 고향에 가면 부모님은 쌀과 각종 채소와 먹거리를 싸 주셨다. 공짜로 받아 가는 것이다. 부모님께 감사하고 미안한 일이었다.

나는 장로회 신학대학원을 졸업하며 결심했다. 다른 사람들은 다 개척교회를 해도 나는 교회를 개척하지 않겠다고. 나는 기존 교회에서 목회할 생각이었다.

졸업 후 목사 안수를 받고 공군 군목으로 입대했다. 군목 생활 3년은 나의 삶에 중요한 분기점이 되었다. 그 기간은 내 성격을 바꾸어 놓았다. 군대훈련과 군목 생활은 나의 기질에 잘 맞았다. 그러나 장기복무를 하지 않고 제대한 것은 기존 교회 목회를 하고 싶었기 때문이었다. 제대 후 지방의 신학교 교목으로 갈 수 있는 길이 있었지만, 오직 목회하고 싶은 마음이 간절했다.

기존 교회의 부목사로 일하면서 독일유학 길이 열렸다. 한데 막상 가 보니 약속받은 만큼 형편이 되지 않아서 6개월 만에 돌아왔다. 그러나 돌아와 보니 목회를 이어 갈 끈이 멀어져 있었다. 그러다가 서울의 작은 교회에 부임하여 2년 동안 섬겼다. 그 교회는 사택이 없어서 처가에서 지냈다. 처가에는 옛날 재건학교 건물이 있어서 그곳에서 지냈다. 다소 불편했지만, 재미있고 의미 있는 생활을 할 수 있었다. 우리 부부의 두 아이를 장인 장모님이 돌봐 주셨다. 아이들은 지금도 외할버지와 외할머니를 좋아한다.

그러던 어느 날 동기 목사님을 만나게 되었다. 그 목사님은 우리 교회에서 교회를 개척할 계획이 있으니 해 보겠느냐 물었다. 3년 동안 생활비도 지원한다고. 그러나 3년 후에는 개척지원금을 반환해야 하며 그 기금으로 다른 교회를 개척하게 한다고 했다. 그 목사님은 내가 결혼하기 전 아내와 잘 알던 분이었다. 나는 교회개척을 하려고 기도하지도 않았는데, 그 제안이 와서 하나님의 뜻으로 믿고 즉각 하겠다고 답했다.

그다음 준비도 모든 일이 순조롭게 진행되었다. 의자와 피아노 강대

상을 헌금하겠다는 사람들이 계속 나타났다. 또한 부목사로 일하던 교회에서 소문을 듣고 여러 교회를 돕던 지원금을 다음 해부터 한 교회에 집중지원을 결정하고 내가 섬기는 교회에 지원하겠다고 했다. 생활비도 충분히 확보되었다. 거기에 섬기던 작은 교회에서 퇴직금이 나왔다. 프라이드 자동차를 살 만큼의 돈이 되어 자동차도 마련했다. 신기한 일이었다.

나는 하나님의 뜻으로 믿고 개척을 시작했다. 주위 사람들도 개척하면 잘될 것이라고 격려해 주었다. 수원 매탄동에서 개척교회를 시작했다. 그런데 교회는 완벽하게 준비되었는데, 사택이 없었다. 이때 아버지는 문전옥답 700평을 팔아서 아파트를 사 주셨다. 농부인 아버지가 자신의 터전을 팔아 아들의 터전을 마련해 주신 것이다. 사 달라고 하지도 않았는데. 무조건 주고 싶은 부모의 마음이다. 그러한 마음이 아버지이고, 아버지의 삶이었다.

이 모든 여정이 하늘에 계신 아버지와 고향에 계신 아버지의 합작품인 것 같았다. 아파트를 구입한 후 가스보일러로 온돌을 깔고 수리해서 깨끗한 집이 되었다. 아파트 단지의 맨 앞에 있는 집이었다. 앞쪽에는 초등학교가 있었다. 하루 종일 햇빛이 잘 들었다. 아파트 보일러는 옛날 아궁이에 불을 때던 따뜻한 온돌같이 뜨끈뜨끈해서 좋았다. 채광이 좋아 밝고 따뜻한 그 아파트에서 8년을 살았다. 아내와 아이들도 수원의 아파트에서 살 때가 제일 행복했다며 그 시절을 그리워했다. 부모님이 땅을 팔아 사 준 아파트였기 때문이 아닌가 생각된다.

그 후 아파트는 재건축되어서 입주를 몇 개월 앞두고 매매했다. 그

대금으로 오산 명성교회 건축비용과 현재 살고 있는 아파트를 마련했다. 나는 오늘날까지 하늘에 계신 아버지와 고향에 계신 아버지의 은혜로 살아왔다. 내가 사는 집은 아버지의 집이다. 아버지의 집에서 살고 있다. 나는 가끔 고향에 들를 때면, 시골집 앞의 논을 본다. 아버지는 그 논을 팔고 난 후 날마다 그 논 자락을 바라보셨을 것이다.

눈에 넣어도 안 아플 아들과 농부의 피 같은 논. 나는 감사할 뿐이다. 벌써 40년 전의 일이다.

하나님은 천지를 창조하시고 아담과 하와에게 전부를 주셨다. 그리고 생육하고 번성하라고 했다. 하나님은 죄인을 구원하기 위해 그의 독생자를 세상에 주셨다. 이것이 아버지의 마음이다. 가룟 유다는 예수를 팔아 잘 살기를 원했지만, 잘못 살았고 잘못 죽었다. 나는 예수를 팔고 살아온 목사였는가. 예수를 믿고 살아온 목사였는가. 나는 예수를 위해 나를 팔았는가. 나를 위해 예수를 팔았는가. 나는 아파트에 살며, 시골에서 사시던 아버지를 생각한다.

바람 불어 좋은 날

학교 가기 싫어요

나는 학교에 가는 것을 싫어했다. 내가 태어날 무렵, 우리 집엔 증조할머니와 할머니 고모들과 누나들이 있었다. 장남으로 태어나서 여인들의 과도한 사랑과 고임을 받으며 살았다. 가족들의 철저한 보호 속에서 살았다. 내가 요구하면 잘 뭐든 들어주셔서, 별반 부족함 없이 자랐다. 한마디로 말하면 과잉보호 속에서 살았다.

7세 때 학교에 가기 싫다고 떼를 쓰고 울었다. 우리 집은 일곱 살이 되면 학교에 입학시켰다. 다른 아이들보다 1년 먼저 학교에 입학한 것도 발달심리학적으로 학교생활 적응에 핸디캡이 되었다. 일곱 살이어서 같은 학년에서는 늘 막내였다. 중고등학교와 대학교와 신학대학원에 다닐 때도 동기 중 막내였다.

부모님은 가죽 가방과 운동화도 사 주셨지만, 학교 가기 싫다는 아들 때문에 난감해하셨다. 나는 가방을 메고 신발을 신고도 학교에 가기 싫다고 버텼다. 과잉보호 속에서 살다 보니, 분리불안이 있었던 것 같다. 부모님은 옆집의 한 살 위 친구를 동무 삼아서 학교에 보냈다. 그 집은 가난하여 학교에 보낼 형편이 아니었는데, 우리 집에서 책과 노트와 학용품을 사 주며 함께 보냈다. 그러나 막상 학교에 가기는 했지만,

또 다른 문제가 기다리고 있었다. 국어 교과서에 철수라는 이름이 등장했던 것이다. 내성적인 나는 내 이름을 읽기가 쑥스러웠다. 친구들이 놀려서 학교에 가는 것이 더 싫어졌다. 또 다른 문제는 한 달쯤 지났을 때 무용반에 뽑힌 것이었다. 부모님의 입김이 들어간 것 같았다. 오전 공부를 마치고 집에서 점심을 먹고, 다시 학교에서 무용 수업을 받았다.

'나비야. 나비야. 이리 날아오너라.

호랑나비 흰나비 춤을 추며 오너라.'

동요를 부르며 무용을 했다. 나는 정말 싫었다. 한두 번은 강제로 끌려갔다. 그다음부턴 완강하게 거부해서 무용반을 그만두게 되었다. 중학교 음악 시간에 합창할 때에도, 소리를 내지 않고 입만 벙긋댔다. 선생님은 합창 소리가 작다고 꾸중하셨다. 나처럼 립싱크 하는 놈들이 많았던 것이다. 나는 여전히 춤추며 노래 부르는 것을 좋아하지 않는다. 춤추고 노래하는 TV 프로그램도 잘 보지 않는다.

학교에 가는 걸 그토록 싫어했건만, 결국 나는 9남매 중에서 학교를 제일 오래 다녔다. 대학교를 졸업하고 장로신학대학원을 3년 다니고, Th.M 과정 2년을 다녔으니, 21년 동안 학교에 다녔다. 학교를 싫어하면서도 목사로서 공부하는 일생을 살게 된 것은 하나님의 은혜와 부모의 후원과 누나와 동생들의 도움 덕분이다. 긴 시간 학교에 다니는 동안 어려움도 없진 않았으나, 한편 재미도 있었다.

나는 서른두 살 되던 해, 21년간의 학업생활을 끝냈다. 그 후론 제도권에서의 공부는 더 이상 하지 않았다. 그러나 TV 특별강의, 라디오 강연, 유튜브 인터넷 강의와 세미나를 좋아한다. 미디어를 통해 좋은 강의를 골라 들으면, 정신적 고픔이 사라지는 것 같아서 뿌듯했다.

나는 현재 글쓰기 교실에 나가고 있다. 목사 은퇴를 앞두고 다니게 된 것이 행운이라고 생각된다. 글을 쓰는 것은 생각을 정리하는 것이다. 나는 글쓰기를 배우고 글을 쓰면서, 생각을 정리하고 인생을 정리하는 중이다. 글쓰기 교실은 누구나 쉽게 들어올 수 있지만, 결과물을 낼 때까지 모두가 지구력을 갖고 여일한 발걸음을 옮겨 놓는 건 아님을 알았다.

나는 어릴 때 초등학교에 등교하는 것을 싫어했지만, 글쓰기 교실엔 자진해서 들어갔다. 그리고 강의가 열리는 이날을 기다린다. 모르긴 해도 글쓰기 학교에 다니는 것이 마지막 배움터가 아닐까 생각한다. 글쓰기 교실에 다니며, 오늘도 나는 부모님과 함께 글쓰기를 한다.

어머니의 밍크이불

소가 사람보다 낫네

우리 속담에 소 잃고 외양간 고친다는 말이 있다. 하지만 우리 아버지는 소가 있기에 외양간을 고쳤다. 우리 집은 내가 태어나기 전부터 암소를 키웠다. 소 한 마리가 사람 몇십 명보다 더 일을 많이 한다. 아버지는 소를 부리기 위해 수많은 뒷바라지를 했다. 하지만 나는 소를 거두는 일 때문에 늘 불만이 많았다. 아버지는 소 없이는 일할 수가 없어서 못 산다 하시고, 나는 소 때문에 못 살겠다고 투덜댔다.

아버지는 겨울이 오면, 외양간에 볏단과 가마니로 구멍을 막았다. 등에는 섶을 엮어 입혔다. 외양간 바닥에 볏짚도 푹신하게 깔았다.

여름철엔 소를 매어 둔 옆에 모깃불을 지폈다. 시냇물로 샤워도 시켰다. 철솔 빗으로 털을 정리하고 오염물도 깨끗이 털어 주었다. 특히 엉덩이 부분에 붙어 있는 쇠딱지를 깨끗이 떼어 주었다. 그러면 소는 큰 눈을 껌뻑이며 귀를 흔들었다. 외양간에 오물이 쌓이면 두엄을 걷어 내야 한다. 그 대청소는 나와 동생 몫이었다. 남동생은 결혼하는 날 아침에도 외양간의 두엄을 치워서 두고두고 얘깃거리가 되었다.

나와 아버지는 추운 겨울, 쇠죽을 끓이는 문제로 갈등이 깊었다. 쇠죽을 끓이는 대형 가마솥은 볕이 들지 않는 뒤뜰 끝에 있었다. 거기까지 양동이로 여러 차례 물을 퍼 나르고 여물과 땔나무를 나르고 쇠죽을 끓어야 했다. 그리고 다시 쇠죽을 퍼서 외양간에 있는 소에게 바쳐야 했다. 힘들고 번거로웠다.

나는 쇠죽을 끓일 때 물이 약간만 따뜻하면, 다 되었다며 겨를 대충 뿌리고 여물과 물을 비벼서 주려 했다. 아버지는 그렇게 끓이면 안 된다며 다시 불을 때어 곰탕 끓이듯 여물을 푹 익혔다. 그리곤 압력솥 진밥처럼 뭉근하게 익혀서 구수(소여물 통)에 부어 주셨다. 나는 소가 사람보다 났다고 불평하며 그 자리를 떠나 버린다. 다른 집은 쇠죽도 안 끓여 주는데, 왜 우리 집은 끓여 주느냐 불평이 많았다.

아버지는 소가 먹을 물도 따뜻하게 데워서 주었다. 짐승도 추울 때는 따뜻한 물을 먹여야 한다고. 나는 찬물을 줘도 잘 먹고 다른 집도 다 그렇게 하는데, 왜 귀찮은 일을 시키느냐며 소가 상전이라고 투덜댔다. 소여물을 썰 때면 나는 발로 볏짚을 작두에 밀어 넣고 아버지는 손으로 밀어 넣었다. 아버지는 되도록 잘게 썰었다. 나는 길게 썰어도 소는 잘 먹는다며 대충 썰었다. 혼자서 작두질하면 두 배나 길게 썰었다. 아버지는 거칠게 썰면 안 된다고 다시 썰었다.

아버지는 소가 농사일을 잘해 줘야 우리 가족이 산다면서, 소에게 서비스를 잘했다. 그것은 가족을 위한 서비스인 셈이었다. 나는 내가 편하게 지내고 싶어서 소가 굶지만 않으면 된다고 생각했다.

아버지는 시간이 날 때면 항상 외양간으로 갔다. 그리고 소의 상태를 살핀다. 소 옆에 앉아서 잘 잤느냐, 잘 쉬었느냐, 오늘도 수고해야 하겠다. 오늘도 일해야 하니 많이 먹어라. 네가 열 사람 일을 한다. 소야 고

어머니의 밍크이불

맙다며 대화를 나누셨다.

소귀에 경 읽기라는 말은 잘못된 것 같다. 어릴 때는 쓸데없는 소리라고 생각했는데, 지금 와서 보니 쓸 데가 있는 대화였다. 아버지는 수시로 소와 대화를 나누셨다.

가을 추수가 끝나면, 볏단을 잘 묶어서 차곡차곡 집채처럼 쌓아 둔다. 이 볏단들은 겨울 동안 난방 연료가 되었다. 또 한 소가 먹을 양식이어서 잘 말리고 정리했다. 가족과 소를 위한 겨울준비도 집채만큼 쌓았다. 아버지는 사람은 굶어도 소는 굶으면 안 된다고 강조했다. 나는 소는 굶어도 사람은 굶으면 안 된다고 반대로 말했다. 그러면 아버지는 '답답하다. 답답하다.' 혀를 찼다.

소는 가족을 위한 반려동물이자 또 다른 가족이었다. 소가 아프면 아버지도 아프고, 소가 약해지면 아버지도 약해졌다. 소가 먹지 않으면 아버지도 입맛이 없다고 하셨다. 아버지는 소의 친구였고 진정한 주인이었다.

하나님은 좋은 소를 창조하셔서 아버지께 주시고, 충직한 소와 함께 농사를 짓게 하셨다.

자신의 한계치보다 훨씬 많은 노동을 강요당하면서도 원망과 불평 없이 논밭을 갈고 달구지로 짐을 나르던 소. 소가 사람보다 나은 생명이냐고 어깃장을 놓았던 철부지 때의 말을 사과하고 싶다. 소처럼 유용한 사람으로 살고 싶다.

불효자의 여행길

중학교 3학년 때 '강재구 소령' 영화를 관람했다. 한 병사가 훈련 중에 잘못 던진 수류탄을 온몸으로 막고 전사한 강재구 소령 영화를 본 뒤 나는 군인이 되기로 결심했다. 그런데 고등학교에서 성경을 배우고 읽다가, 하나님의 사랑과 은혜를 깨닫고 내 꿈은 목사로 바뀌었다. 한 편의 영화와 한 권의 책이 꿈을 꾸게 하고, 꿈을 바꾸게 했다.

대학을 졸업하고 장로회 신학대원에 입학한 후 군목시험이 있다는 사실을 알게 되었다. 나는 군목시험에 합격하고 군종장교 후보생이 되었다. 졸업 후 목사 안수를 받고 군목이 되었다. 중학교 때 꿈꾸었던 군인과 고등학교 때 가졌던 소원이 짬뽕으로 이루어진 것이다. 내게는 하나님의 신비요 은혜였다. 나는 공군 군목으로 배정받았다. 공군 군목에 가려고 특별히 부탁한 일도 없고 부탁할 사람도 없는데, 육군보다 수월하다는 공군으로 가게 된 것도 내게는 은혜였다.

1982년 군목 제대를 앞두고 말년 휴가를 받았다. 나는 오토바이를 타고 전국 일주 여행을 구상 중이었다. 부모님께 오토바이로 여행을 가겠다고 말씀을 드렸더니, 위험하다며 말리셨다. 나는 안 갈게요 대답해 놓고 여행계획을 진행했다.

어머니의 밍크이불

오토바이가 요즘의 자가용처럼 활용되던 그 시절, 오토바이는 과부틀이라 불렸다. 오토바이 한 대가 팔리면 과부 하나가 생긴다는 말이 생겨날 만큼, 늘어나는 오토바이 숫자만큼이나 사고가 나던 때였다. 나도 오토바이를 타다가 어떤 여인을 치어서 치아가 부러지는 부상을 입히고, 나도 다치는 사고를 경험한 적이 있었다.

벚꽃이 필 때면 전주와 군산 사이 4차선 도로 양변에 벚꽃이 만발했다. 나는 오토바이를 타고 전주에서 군산까지 출퇴근도 했다. 때로는 움푹 패인 도로와 바람을 피하려고 직행버스 뒤를 따라가다가 추돌할 뻔도 했다. 그럼에도 나는 오토바이를 타다가 내가 잘못될 것이라고는 생각해 본 적이 없었다.

나는 휴가 첫날 군산에서 공군 수송기에 오토바이를 싣고 사천기지를 거쳐 부산 김해 공군기지에서 내렸다. 사천에서 김해까지 하늘에서 남해 바다를 바라보니, 양식장의 부표들이 국군의 날 사열대처럼 환상적으로 늘어서 있었다. 파란 바다에 떠 있는 하얀 부표들은 조화로우며 근사해 보였다.

오토바이로 김해 공군기지에서 출발하여 남해안을 따라 마음대로 달렸다. 완도까지 가는 여정이 내가 정한 코스였다.

그 당시엔 부곡온천이 유명해서 전국 각지에서 대절 버스들이 모여들었다. 나는 어느덧 부곡온천으로 가는 산길을 달리고 있었다. 그런데 산길에서 오토바이 엔진이 드르륵 하더니 멈췄다. 알 수 없는 노릇이었다. 다시 시동을 걸어도 소용없었다. 산중이어서 오가는 차량도 거의 없었다. 나는 30분쯤 지나서 다시 시동을 걸었다. 다행히 시동이

걸렸다. 한참을 달리다 오토바이 수리센터에 들러 물었더니, 엔진이 과열되었다는 것이었다. 두려움 없이 속도감을 즐긴 것이다. 친절한 사장님은 살살 타라며 엔진이 열 받으면 물을 뿌리고 식혀서 타라고 알려 주었다.

남해안을 돌면서 이순신 장군의 유적지가 많다는 걸 알게 되었다. 사진을 찍어 줄 사람이 없어서 헬멧이나 장갑 위에 놓고 촬영했다. 완도에서 오토바이를 배에 싣고 제주도에 도착했다. 제주도 전 지역을 3일 동안 쉬지 않고 마음이 가는 대로 달릴 계획이었다. 다행히 첫날은 날씨가 좋았다. 다음 날은 비가 계속 내렸다. 그렇다고 안 돌아다닐 수는 없었다. 군용 우비를 입은 후 비를 맞으며 발길 가는 대로, 호기심이 이끄는 대로, 계속 달리며 비가 오는 제주의 경치를 즐겼다.

비가 오거나 말거나 80km 속도로 달렸다. 서귀포에서 제주도로 향하는 길이었다. 갑자기 한 무리의 소 떼가 도로 복판으로 들어왔다. 그때 나는 소의 배에 오토바이가 부딪혀서 내가 죽는 환상을 경험했다.

'아! 오늘 나는 여기서 이렇게 죽는구나.'

번개처럼 죽음이 스쳤다. 부모님이 가지 말라고 했는데, 부모님의 말씀을 안 들어서 이렇게 죽게 되는구나. 순간 후회가 밀려왔다. 소 떼 무리 속으로 속수무책 오토바이를 몰 수밖에 없던 그때, 요리조리 핸들을 틀자 오토바이가 넘어질 듯 휘청거렸지만 용케 소 떼를 피할 수 있었다. 비에 젖은 등에서 식은땀이 뜨겁게 흘렀다. 어떻게 소를 피했는지 뒤를 돌아볼 엄두가 나지 않았다. 그리고는 제주시에 다다를 때까지 속도를 낼 수가 없었다. 비 내리는 제주의 도로에서 오토바이를 천천히 몰면서 내내 부른 찬송은 '오늘 집을 나서기 전'이었다.

"오늘 집을 나서기 전 기도했나요.

오늘 받을 은총 위해 기도했나요.

기도는 우리의 안식 빛으로 인도하리

앞이 캄캄할 때, 기도 잊지 마시오."

계속 찬송을 부르며 제주시까지 들어갔다. 내 생명의 주인은 하나님이구나. 젊다고 안 죽는 것도 아니구나. 젊어도 언제든 죽을 수 있구나. 하나님이 생명을 지켜 주지 않으면, 살 수 없구나. 하나님과 예수님이 생명의 주인임을 그 사건을 통해 뼈저리게 마음 판에 새겼다. 그 사건 이후 기도할 때마다 시작하는 코멘트가 달라졌다. 나는 기도할 때마다 '생명의 주인 되시는 하나님, 생명의 주인 되신 예수님'으로 시작한다. 내가 경험한 하나님은 생명의 주인이다. 이렇게 기도를 시작하면, 사람들은 독특하다고 은혜가 된다고 했다. 그 후 일생을 '생명의 주인 되신 하나님'으로 기도를 시작한다. 내 신앙 고백인 셈이다. 사건은 사고를 만들고, 사고는 새로운 생각을 하게 했다.

하지만 나는 그 여행을 멈추지 않았다. 제주도 3일 여행을 마치고 부산을 돌아 동해안 길을 따라, 강원도 고성으로 올라갔다. 해변 길과 바다는 너무도 맑고 푸른 생명으로 충만했다. 고성에서 다시 강원도를 지나고 충청도를 거쳐 마지막 날 새벽, 군사기지에 다시 도착했다.

휴가 마지막 날은 잠을 자지 않고 밤을 새워 달려왔다. 그러다가 졸려서 위험한 순간도 여러 번 있었다.

40년 전 나 홀로 떠난 전국 오토바이 여행은 나만의 즐거움과 하나님과의 비밀스러운 만남이 있었다. 이제 나는 은퇴를 코앞에 두고 있다. 은퇴하면 당장 생의 긴 휴가가 시작된다. 이 휴가를 어떻게 사용할까. 젊은 날과 다른 여행을 꿈꾼다.

한 알의 곡식이 나에게 오기까지

근래엔 벼농사가 거의 기계화되었다. 모내기도 이앙기로 낸다. 농약은 드론으로 친다. 트랙터로 벼를 베고 알곡을 추수하고 볏단을 묶어서 원스톱으로 마무리한다. 벼를 말리는 것도 기계로 한다. 기계화되기 전에는 모든 농사일이 핸드 메이드였다. 벼를 심는 것과 베는 일도 손으로 했다. 추수한 벼를 말리는 것도 사람의 손이 일일이 필요했다. 벼를 심고 추수하여 사람의 입으로 들어가기까지 88번의 손길이 간다고 옛 어른들은 말씀하셨다. 수저의 밥알은 수많은 사람의 손길을 거쳐서 내 입으로 들어가게 되는 것이다. 나는 이 과정을 경험했기에, 쌀한 톨 허투루 버리지 않고 밥풀도 주워 먹는다. 사람들은 더럽다고 하지만, 나는 개의치 않는다.

추수의 마지막 작업은 벼를 말리는 일이다. 벼에 수분이 많으면 썩고 싹이 트기에, 수분을 줄여 보관해야 한다. 내가 어릴 때는 비닐이나 비닐포대가 없던 시절이었다. 무거운 가마니에 벼를 보관하고 두툼한 멍석에 벼를 말렸다. 멍석의 크기는 가로의 길이가 4m 폭은 2m쯤 되었다. 어떤 멍석은 두껍고 무거웠으나, 오래 사용한 멍석은 얇고 가벼웠다. 우리 집은 멍석 20여 개를 창고에 보관했다.

벼 말리는 날 아침 날씨가 좋으면, 부모님과 넓은 마당에 멍석을 깔았다. 서로 겹쳐서 빈 공간이 없도록 펼친다. 가벼운 멍석은 혼자 들어서 펼치기가 어렵다. 무거운 멍석은 부모님과 양쪽에서 들고 펼쳤다. 그리고 창고에서 가마니에 있는 벼들을 옮겨 멍석 위에 쏟는다. 그리고 당그래(곡식 따위를 편편하게 펼치는 데 사용되는, 나무로 만든 손잡이용 농기구)로 얇게 펼치거나 두 발로 벼 멍석에 고랑을 만들었다. 온몸은 먼지투성이다. 장갑이 없기 때문에 손은 거칠거칠하고 땀을 흘려서 온몸이 끈적끈적했다. 상쾌하던 아침이 땀에 젖어 끈적끈적한 아침이 되곤 했다. 부모님은 벼를 넣고 논밭으로 나가시며, '벼를 반복적으로 널어라, 닭이 벼를 먹거나 벼 위에 똥을 싸지 못하게 하라.'고 이르셨다.

우리 집은 닭을 30여 마리를 방목했다. 그때부터 벼를 말리는 전쟁이다. 한두 시간마다 당그래로 벼를 다시 모아서 펴 주는 일을 해야 빨리 마른다. 때로는 양발로 기찻길을 만들 듯이 얇게 펴노라면, 발가락이 간질간질하고 발 찜질을 하는 것 같아서 기분이 좋았다. 하루에 5번 반복적으로 해 주면 벼가 잘 마른다.

벼를 멍석에 넣고 난 후에는 닭과의 전쟁도 시작된다. 마루에 긴 장대를 놓고 닭이 멍석의 볍씨를 쪼면 장대로 닭을 쫓는다. 마루에 누워 있거나 잠시 졸다 보면, 어느새 닭들이 멍석 위를 침범해서 잔칫상을 삼는다. 멍석 위 나락에 싸놓은 닭똥도 골칫거리였다. 닭과의 눈치 공방이 하루에 여러 차례 일어난다.

더 중대한 문제는 갑자기 소낙비가 내리는 날이다. 우리 집은 넓은

　　　　　　　　　　　　　어머니의 밍크이불

들판의 끝자락에 모악산이 있다. 그 산에 구름이 걸리고 하늘이 어두워지면, 갑자기 소낙비가 내리곤 했다. 비가 내리면 온 가족이 비상이다. 부모님은 들일을 하시다가 달려와 멍석의 벼를 다시 가마니에 담는다. 소낙비의 양이 많으면, 멍석과 벼가 소낙비 세례를 받고 마당에는 물이 고이게 된다. 그러면 다시 멍석을 펼쳐서 가마니에 벼를 담고 물이 젖은 멍석을 둘둘 감아서 창고에 집어넣는다. 벼를 말리는 날 소낙비 세례를 받으면 헛수고의 날이 된다.

다음 날 젖은 멍석을 말리기 위해 펼칠 때는 마음까지도 축축하다. 멍석을 말리고 축축한 벼를 쏟아부을 땐, 소낙비가 원망스럽다. 오늘은 쉴 수 있었는데 이중 삼중의 수고를 해야 하니, 몸과 마음은 더욱 힘들다. 나는 날씨에 대한 불평이 많았다. 그러나 부모님은 산전수전 공중전을 다 겪으신 탓인지, 세상살이 다 그러하겠거니 하시며 다시 멍석을 펼쳤다. 나는 부모님이 이해되지 않았다.

세월이 흘러 비닐 시대가 열렸다. 얇고 넓은 비닐 위에 벼를 말리는 것은 멍석에 말리는 것보다 아주 쉬웠다. 비닐포대에 벼를 담고 쏟는 일은 그전의 작업에 비해 한결 수월하다. 소낙비가 와도 비닐을 걷어 올려서 덮으면 그만이었다. 무거운 멍석을 펼치고 무거운 가마니를 들어 올릴 필요도 없게 되었다. 좀 더 세월이 흐른 후에는 방앗간에서 건조기에 말리게 되니, 벼를 말리다가 소낙비 세례를 받는 일은 호랑이 담배 피우던 시절의 이야기가 되었다.

나는 농사과정을 경험하면서 절대로 농사를 짓지 않겠다고 결심했다. 힘들게 농사를 지어도 제값을 받을 수가 없었다. 제일 싼 것이 농산물이다. 힘들게 생산한 농산물이다. 그럼에도 불구하고 일흔이 넘은 나는 요즘에도 공산품보다는 농산물에 사랑의 눈길이 더 많이 가는 것은 어쩔 수 없다.

세례요한은 회개하라며 물세례를 베풀었다. 예수는 부활하여 승천하면서 제자들에게 성령세례를 말했다. 오늘 종말 시대에 믿는 자들은 말씀 세례를 받는 것이 필요하다. 성장하는 벼들은 장맛비 세례와 소낙비의 세례를 받으며 자랐다. 벼들은 햇빛 세례를 받아야 온전한 알곡이 된다.

오늘날 사람들이 받고 싶어 하는 세례는 무엇일까? 뭐니 뭐니 해도 돈 세례가 아닐는지.

간혹 소낙비 오던 날 부모님의 허허로운 모습이 떠오른다.

오늘도 나는 쌀밥의 쌀 한 톨이 얼마나 어려운 과정을 거쳐 귀하게 생산되는가를 생각하며 수저를 든다. 한 알의 알곡 같은 인생을 살다가 하늘나라에 들어가고 싶다.

바람 불어 좋은 날

  농사는 자연의 혜택으로 풍년을 이루지만, 자연재해로 흉년이 들기도 한다. 바람이 적당히 불면 벼 잎을 흔들어 잘 자라게 한다. 추수하기 전에 태풍이 불면, 벼들이 쓰러져서 익기도 전에 썩어 간다.

  추수한 후 알곡과 쭉정이와 검불들이 뒤섞인 것을 잘 선별하는 일이 추수의 마지막 일이다. 알곡과 쭉정이와 검불들이 섞여 있는 것을 가마니에 담아서 바람이 잘 부는 곳으로 간다. 거기에 멍석을 깔고 바람이 불어올 때 머리 높이에서 조금씩 떨어뜨리면, 쭉정이와 검불은 멀리 날아가고 알곡만 멍석 위에 남는다. 쭉정이와 검불과 알곡이 완전히 분리되면 추수는 끝나게 된다.

  풍구를 빌려 와서 돌리면, 철판 날개가 돌아가서 바람을 일으켜 알곡을 분리했다. 그런데 그 풍구도 없으면, 아버지는 곡식을 머리 위에서 떨어뜨리고 어머니와 나는 키를 위아래로 흔들며 바람을 일으켰다. 힘이 많이 드는 것에 비해 효과는 미미했다. 어머니는 쭉정이 검불을 키에 담아서 키질을 했다.

  날은 어두워지고 미풍도 더 이상 불어오지 않는다. 아침부터 저녁까지 일했기에 배는 고프다. 바람을 기다리다 지친 이런 날 집으로 돌아오는 발걸음은 무겁기만 하다. 할 수 없이 검불을 다시 가마니에 담아 집으로 돌아온다. 몸은 천근만근 무거운데, 아버지는 밝은 목소리로 내일을 기약하신다.

그러한 날은 정말 개운하지 않았다. 바람이 조금만 불어 주면, 하루 일을 깨끗이 마칠 텐데. 아쉬움이 남았다. 쭉정이 때문에 바람이 고맙기도 하고 야속도 했다. 하지만 집안에서는 또 다른 바람이 분다. 9남매가 사는 우리 집은 하루도 바람 잘 날이 없었다. 어릴 때는 아웅다웅 다투고 울고 하는 일이 끊이지 않았다.

세상에는 여러 형태의 바람이 있다. 유행 바람, 치맛바람, 춤바람, 부동산 투기 바람, 입시 바람, 사교육 바람도 많이 불었다. 과일이 익어갈 무렵에 태풍이 불면 바람이 야속했다. 그 바람을 원망할 때는 한바탕 분탕질을 일으킨 바람은 이미 멀리 사라져 버린 후다. 또한 잡히지 않는 것이 바람이니, 바람이 휩쓸고 지나간 자리에서 농부들은 그저 하늘을 원망했다.

최근엔 바다 위, 높은 산에 풍력 발전기가 서 있는 것을 종종 목격하게 된다. 바람이 불면, 풍력 발전기는 돌고 돈다. 그 옛날 부모님과 함께 쭉정이와 알곡을 바람에 의지해서 고르던 생각이 절로 떠오르는 풍경이다.

성경은 심판의 시간이 되면 알곡과 쭉정이를 분별하여, 알곡은 곡간에 넣고 쭉정이는 꺼지지 않는 불에 던져진다고 했다. 심판의 바람이 불기 전에 믿음의 바람과 구원의 바람이 먼저 불어오기를 바란다.

'보라 지금은 은혜받을 만한 때요, 보라 지금은 구원의 날이로다.'

어머니의 밍크이불

일일시호일(日日是好日)

농번기에는 고양이의 손도 필요하다는 말이 있다. 농촌에선 일손이 부족하기에 모든 손이 다 필요하다는 말이다. 요즘은 기계화가 거의 다 되어 있기에, 일손이 많이 필요하지 않다. 예전에는 농사를 지을 때 아이들의 손도 필요했다. 세 살 아이라도 물 떠오는 심부름이라도 해야 했다.

하지만 세상은 발전에 발전을 거듭하여, 예전에 수백 명이 할 일을 지금은 이앙기 한 대가 거뜬히 해치운다. 전에는 농가 소 수십 마리가 논갈이를 했지만, 요즘엔 트랙터가 지나가기만 하면 된다. 예전에는 수십 명이 벼를 베고 묶고 나르고 추수했지만, 지금은 트랙터 한 대가 원스톱으로 벼를 베고 묶고 추수하여 가마니에 담는 작업까지 한다. 소달구지와 지게로 나르던 짐을 자동차가 대신한다. 농약 칠 때도 드론이나 항공기가 더 손쉽게 골고루 뿌린다. 예전에는 소를 잘 먹이고 관리해서 부렸으나, 지금은 기계에 기름만 넣고 스위치만 올리면 기계가 하루 종일 쉬지 않고 놀아간다. 예전에는 쌀 한 톨을 얻기 위해 88번의 손이 가야 했지만, 지금은 기계가 몇 번만 움직이면 쌀이 생산된다. 예전에는 소가 없으면 농사를 지을 수 없었으나, 지금은 기계 없이는 농사가 불가능하다.

내가 아버지를 돕던 시절엔 기계화가 전혀 돼 있지 않았다. 소의 힘을 빌리고 모든 일은 사람이 해냈다. 농사일은 일을 안 해도 끝이 없고, 일을 해도 끝이 없다. 일하면 할 일이 더 생긴다. 일을 안 하면 일감이 쌓인다. 일은 일을 낳고 번식하는 것 같다. 일단 심으면 가꿔야 한다. 가꾸는 것이 끝이 아니라, 열매를 잘 맺게 해야 한다. 열매를 맺으면 추수하고, 판매할 땐 그야말로 시세를 잘 판단해서 돈과 바꿔야 한다. 농사는 사람을 일 속에 살게 하고, 고달픔을 천직으로 여기며 살게 한다.

우리 집엔 머슴이 있었다. 그래도 동네 사람들의 일손을 수시로 빌려야만 농사가 가능했다. 품을 사는 일은 비용이 드는 일이다. 아버지는 공휴일이나 주일에 자식들의 손을 빌릴 계획을 세운다. 이번 공휴일에는 논에 가서 벼를 뒤집는 것을 좀 도와달라거나, 주일에 교회를 한 번 빠지고 벼 나르기를 함께 하자고 도움을 청한다. 일이 시급하니 자식들의 도움이 절실하다. 농사일은 때가 정해져 있는지라, 하루라도 지체해선 손실이 따르기 때문이다.

주일에 비가 오지 않고 날씨가 좋으면, 자식들의 마음은 흐린 날이다. 아버지의 마음은 맑은 날이다. 자식들은 도살장에 끌려가듯, 마지못해 논밭으로 나가서 어기적어기적 일한다. 그러나 공휴일과 주일에 비가 오면, 자식의 마음에는 밝은 태양이 떠오른다. 하나님이 일을 시키지 말라고 한 것이라 해석한다. 그러나 아버지는 하늘도 안 도와준다고 아쉬워했다. 자식들이 도와주면 돈도 아끼고 일이 훨씬 수월할 텐데, 할 수 없는 노릇이다. 월요일이 시작되면 그 일을 두 분 부모님이

어머니의 밍크이불

해야 한다. 우리는 그것도 모르고 당장 일 안 하는 것이 즐겁기만 했다. 그것이 어린 마음이요, 감히 부모 속을 헤아리지 못하는 자식의 마음이 아닌가 생각된다.

날씨가 유난히 좋았던 어느 10월 초순. 그날도 아버지는 같이 일하자고 했다. 그런데 그날은 교회 청년회에서 진안 마이산으로 야유회를 가는 날이었다. 다른 친구들은 다 떠났는데 나만 못 가는 신세였다. 나는 출발 시간이 늦었다며 어머니를 졸랐다. 아버지는 어머니의 부탁을 듣고 허락했다. 늦게 출발하여 다른 사람보다 늦게 마이산에 도착했다. 마이산을 처음 보니 가슴이 설렜다.

예나 지금이나 암마이산은 경사가 낮고, 숫마이산은 경사가 가파르다. 교회청년들은 암마이산으로 향했다. 나는 숫마이산에 오르고 싶은 충동이 일었다. 대학교 1학년 19살 때였다. 복장은 신사복 바지에 구두를 신고 상의는 까만색으로 염색한 군복이었다. 나는 숫마이산을 거침없이 올라갔다. 암마이산을 오르던 교회 친구들과 '야호' 하면서 소통했다. 얼마 후 저쪽에서 얼른 내려오라고 손짓했다. 더 이상 올라가지 말라고.

나는 무시하고 정상을 향해 올라갔다. 그런데 암마이산을 오르던 일행과 등산객들은 오늘 시체 치울 생각을 해야 한다느니, 등산 전문가들도 겁내는 산인데 죽으려고 올라갔다느니 걱정했다. 나는 그것도 모르고 정상에 올라가서 환호성까지 질렀다.

산 정상의 이끼가 참 예뻤다. 그것을 일부 떼어서 가지고 내려왔다. 내려올 때는 오를 때보다 어려움이 많았다. 올라갈 때는 바위를 붙잡고 올라갔으나, 내려올 때는 급경사여서 발을 딛기조차 어려웠다. 어떻게 내려왔는지 정신이 없었다. 큰 이끼를 들고 오다가 넘어지면서도 끝까지 챙겨 들고 내려왔다.

숫마이산 아래의 가게에서 정상에서 이끼를 떼어 왔다고 하니, 다들 혀를 내둘렀다. 믿기지 않는다는 눈치였다. 정말로 올라갔느냐. 거짓말이 아니냐. 지금까지 올라간 전문가도 몇 사람 안 된다며 나를 이상한 사람 취급을 했다. 그 말을 듣고 다시 숫마이산을 보니, 그제야 더럭 겁이 났다. 사전에 정보가 있었다면 못 올라갔을 것 같다. 무식하면 용감하다더니, 지금은 숫마이산을 보면 오금이 저린다. 잘못하면 제삿날이 될 뻔했다는 생각을 하곤 한다.

아버지는 예수를 믿은 후 주일예배를 드리면서, 주일에는 자식들에게 일을 시키지 않았다. 그러나 공휴일에는 자녀들의 도움을 받기 원했다. 같은 날씨에도 서로의 생각과 기분이 달랐다. 아버지는 맑은 날씨이면 하늘이 도와준다 생각하셨다. 자녀들은 비 오는 날이면 하나님이 도와준다고 좋아했다. 부모님은 농사일이 중요하고, 자식들은 오늘 하루 편하게 지나가는 것이 중요했다. 자식은 부모 앞에선 항상 철부지다.

하나님도 골치 아플 것 같다. 비를 오게 하여 자녀들의 편이 될 것인가, 날씨를 좋게 하여 아버지의 손을 들어 줄 것인가. 날씨의 주관자이신 하나님께서 우리 마음의 날씨까지도 주관하시면, 문제가 되지 않을 것 같다.

나는 주일에 비가 오거나 눈이 오는 것을 덜 좋아한다. 교인들이 교회에 오는 것이 불편하기 때문이다. 맑은 날씨 가운데 성령 충만한 예배가 드려지기를 원한다. 맑은 날만 있으면 세상은 사막이 되고, 비 오는 날만 있으면 습지가 되어서 살기가 불편하다. 삶의 나날은 비 오는 날과 맑은 날이 조화롭게 공존해야 한다. 날씨가 좋으면 하나님이 도와주고, 비가 오는 날도 하나님이 임하시는 날이다.

달콤한 된장질

요즘 사람들은 설탕 홍수시대를 산다. 음식에 설탕을 듬뿍듬뿍 넣어서 음식은 거의 단맛으로 통일되고 있는 듯하다. 단맛이 입맛에는 좋지만, 몸에는 좋지 않다. 요즘 젊은이들에게 맛있는 음식은 기름지고 단 음식들이다. 또 모든 과일에 꿀 자를 붙여서 판매 전략을 세운다. 꿀사과, 꿀딸기, 꿀참외, 꿀수박 등. 그런데 오히려 건강을 지키고 유지하려면 당도가 떨어지는 과일을 먹어야 건강을 지킬 수 있다는 이론도 있다.

나의 초등학교 시절인 1960년대에는 설탕이 흔하지 않아서 귀한 대접을 받았다. 당시에 단맛을 내는 것은 사카린이었다. 쌀 한 톨보다 작은 투명한 알갱이였다. 한 알을 입에 넣으면, 쓸 정도로 달았다. 물을 마시고 마셔도 혀에 단맛이 계속 남았다. 얼마 후 당원이 나왔다. 동그랗고 하얀색인데, 사카린보다 덜 달고 몸에 좋다는 속설을 믿고 시원한 물에 타서 새참으로도 마셨다.

드디어 1970년대엔 설탕의 시대가 열렸다. 설탕은 명절 선물 중 최고의 품목이 되었다. 설탕은 선물하기 좋은 품목이요, 받으면 생활에 도움이 되는 달콤한 선물이었다. 설탕은 귀한 것이어서 조리할 때도 아

어머니의 밍크이불

껴서 사용했다. 귀한 손님이 오면 설탕물을 대접했다. 초등학교 선생님이 가정방문을 오시면, 설탕물 대접이 최고의 음료였다.

어느 날 우리 집에 10kg 설탕 부대가 선물로 들어왔다. 사업을 하던 이모부가 보낸 것이었다. 어머니는 설탕 부대를 깊이 숨겨 놓았다. 나는 그 달콤한 설탕을 먹고 싶어서 침이 꿀꺽꿀꺽 넘어갔다. 어디에 숨겨 놓았는지 이곳저곳을 뒤졌다. 부엌 창고, 장독대, 항아리, 시렁 위의 상자 속, 안방의 잡동사니를 보관하는 벽장 속을 두루 찾아 헤맸다. 드디어 안방의 벽장 안쪽에 숨겨 놓고 다른 물건으로 덮어 놓은 것을 알게 되었다.

집에 아무도 없을 때 몰래 벽장에 올라가서, 설탕 부대를 열고 한 주먹 퍼먹었더니, 너무나 달달하고 맛있어서 정신을 잃을 것 같았다. 입에 들어가자마자 사각사각 소리를 내며 녹아내렸다. 나는 훔쳐 먹는 두려움이 있었으나, 그 설탕은 된장질의 두려움을 이길 수 있는 맛이었다. 하루 이틀이 멀다 하고 벽장에 올라가서 달콤한 설탕을 퍼먹고 내려오면, 기쁨이 두 배였다. 몰래 퍼먹기를 여러 번 반복하니, 설탕 부대가 홀쭉해졌다. 나에게는 설탕 부대가 선악과와 같고, 마약과 같았다. 참을 수 없는 유혹이며 두려움도 두렵지 않게 하는 매력적인 맛이었다. 달콤한 맛에 양심의 가책도 잃어버릴 정도였다.

그러던 어느 날 어머니가 설탕 부대를 보게 되었다. 홀쭉한 설탕 부대를 본 어머니는 누가 먹었느냐고 호통을 치며 9남매를 개별 심문했다. 나는 먹었다고 말할 수가 없었다. 혼날 것이 뻔한 것을 왜 말하겠는가, 나는 단호하게 안 먹었다고 잡아뗐다. 자기 죄를 부정하는 것은 누가 가르쳐 주지 않아도 잘한다. 아마도 아담에게서 물려받은 유전적 성향인 것 같다. 어머니는 그 후 설탕 부대를 다른 곳에 숨겼다. 나는 더 이상 훔쳐 먹지 않았다. 계속 퍼먹다가는 진짜로 들킬 것 같았다.

나이가 들어선 설탕이 있어도 안 먹으려고 한다. 꿀이 있어도 먹지 않으려고 한다. 되도록 당분을 적게 섭취하려고 노력한다. 나는 현재 단맛보다는 쓴맛을 좋아한다. 쓴 음식을 먹으면 입안이 개운하고 속이 편하다. 커피도 에소프레소를 즐겨 마신다. 아이들에게 단맛부터 길들이면, 다른 맛을 싫어하고 단맛만을 찾는다고 한다.

나는 첫째 아들이 어릴 때 매운 고추장을 먹인 적이 있다. 아이는 맵다고 울고 혀를 빼고 난리였다. 그런데 그 아이는 자라서 매운맛을 좋아하고 있다. 아이들이 어릴 때 매운맛, 신맛, 짠맛, 쓴맛을 먼저 경험하게 하고 단맛을 맨 나중에 경험하게 하면, 모든 맛을 좋아한다는 이론을 들은 적이 있다. 그래야 인생의 쓴맛과 단맛을 알게 되지 않을까. 유대인 부모들은 성경에 꿀을 바르고 아이들에게 핥게 한다. 성경이 꿀처럼 맛있는 것이라는 것을 알게 하려는 체험적 교훈이라고 한다. 하나님의 말씀이 꿀맛이라는 것은 성경에서 말하고 있다.

"말씀은 금 곧 순금보다 사모할 것이요, 꿀 송이보다도 더 달도다"(시 19:10)

"주의 말씀의 맛이 내게 어찌 그리 달지요. 내 입의 꿀보다 더하니이다"(시 119:103)

"선한 말은 꿀 송이 같아서 마음에 달고, 뼈에 양약이 되느니

어머니의 밍크이불

라"(잠 16:24)

"내 아들아 꿀을 먹어라. 이것이 좋으니라. 네 입에 다니라"(잠 24:13)

내가 성경을 읽으며 경험한 맛은 영혼의 꿀맛이다. 설탕을 퍼먹듯이 말씀을 퍼먹을 수만 있다면 얼마나 좋을까. 말씀의 설탕 맛을 알게 될 텐데.

나는 60년 전에 설탕을 훔쳐 먹은 것은 나라고 이제야 고백한다. 어머니도 자식의 입으로 넘어갔으니, 그리 씁쓸한 맛만 있었던 것은 아니리라.

유년의 모든 사물에는 각각의 이야기와 추억이 숨어 있다.

마당 쓸기

나는 어릴 때 마당 쓸기를 좋아했다. 시골집 마당은 다양한 얼굴과 의미가 숨어 있다. 가정의 모든 일은 마당에서 일어난다. 시골집 마당은 일하는 마당이다. 추수 일을 하고 벼를 말리는 일도 마당에서 한다.

시골집 마당은 놀이마당이다. 동네 아이들이 모여서 자치기, 팽이치기, 땅따먹기 등 온갖 놀이를 하는 운동장이다. 시골 마당은 수다를 떠는 곳이다. 여인들이 모여 이야기보따리를 푸는 수다 마당이다. 시골 마당은 가족의 마당이다. 자식들은 마당에서 크고 마당에서 배우고 삶을 살아간다.

시골집의 마당은 잔치마당이다. 옛날에는 결혼식도 마당에서 올렸다. 환갑잔치도 마당에서 벌였다. 사람이 죽으면 마당은 장례식장이 되었다.

시골집 마당은 동물농장이다. 암탉은 병아리를 마당에서 키웠다. 마당가에는 돼지우리가 있었다. 마당의 옆에선 소가 되새김질하며 졸고, 마당은 개들도 뛰놀고 땅강아지도 살고 곱등 벌레도 마당에 구멍을 뚫고 살았다.

시골집 마당은 창고다. 가을 추수가 끝나면, 곡식과 볏단을 쌓아놓는

어머니의 밍크이불

다. 시골집 마당은 추수의 마당이다. 벼, 콩, 수수, 팥, 곡식을 끌어들여 추수하던 곳이다. 마당은 보자기와 같은 공간이다. 마당은 비워지고, 채워짐이 반복되는 공간이다. 시골집 마당은 식사하는 마당이다. 더운 여름철 멍석을 펴고 수제비를 먹던 마당이다.

시골집 마당은 잠자는 마당이다. 하늘을 보는 마당이다. 한여름 마당에 돗자리를 펴고 누워 별을 헤는 마당이었다. 마당은 비움과 채움의 공간이다. 마당은 아무 하는 일 없이 한가로운 것 같으나, 모든 일이 일어나는 분주한 공간이기도 하다. 마당은 썰물 같은 비움의 공간인 동시에 밀물 같은 채움의 공간이다.

나는 마당 쓸기를 좋아했다. 누가 쓸라고 해서 쓴 것이 아니었다. 우리 집은 부모를 비롯해 모든 형제가 마당 쓸기를 좋아했다. 나는 마당만 쓰는 것이 아니었다. 마루 밑도 쓸고, 토방을 쓸며, 골목길까지 쓸었다. 마당을 쓸 때 제일 중요한 것이 대나무 빗자루였다. 외가의 뒤뜰에는 대나무 밭이 있었다. 외삼촌은 항상 대나무 빗자루를 넉넉하게 보내 주셨다. 대나무 빗자루 때문에 쓸기가 즐겁고 수월했다. 한 번 휘저으면 넓게 시원하게 쓸렸다.

어질러진 마당을 쓸면, 깨끗한 마당이 새롭게 태어났다. 나는 마당의 변화를 바라보는 것이 좋았다. 대나무 빗자루가 지나간 흔적이 마당에 새겨진 것도 보기 좋았고 인상적이었다. 마당 쓸기는 마음 밭을 쓰는 것 같았다. 마음이 청결한 자는 복이 있다고 했는데, 마당 쓰는 자는 마음이 청결한 복이 있는 것 같다.

아침에 마당을 쓸다 보면, 닭똥이 여기저기 널브러져 있다. 그러나 새벽 마당은 건조하지 않다. 이슬로 적셔진 축축한 마당에 햇살이 비치면, 아침마당은 고요한 얼굴을 드러낸다. 축축한 아침마당이 쓸리는 소리도 좋았다. 이른 아침엔 먼지도 날리지 않았다.

한낮에 마당을 쓸 때도 종종 있었다. 한낮 마당은 메마르다. 바람이 불면, 먼지가 휘날리고, 쓰레기들이 이리저리 뒹군다. 물을 길어서 쫙쫙 뿌린다. 마당의 열기가 식는다. 가벼운 먼지도 흙이 된다. 뒹굴던 쓰레기들도 움직임을 멈춘다. 땀에 젖은 몸으로 마당을 쓸면, 마음이 차분해진다. 때때로 저녁 마당을 쓸 때도 있다. 하루가 정리되는 시간이다. 쓰레기들이 마당 이곳저곳에 널려 있다. 큰 쓰레기를 주워 내고 마당을 쓸면, 하루를 정리하는 마당 쓸기가 된다. 바람이 불면 바람 부는 방향을 쫓아 마당을 쓸면, 그때의 기분도 최고다.

나는 마당을 쓸 때마다 우리 집 골목길까지 쓸었다. 골목길은 우리 집을 비롯하여 여러 가구가 이용한다. 우리 집은 맨 안쪽에 있다. 그래서 골목길까지 쓴다. 그럴 때면 부모님은 내가 힘들다고 골목길까진 쓸지 말라 하셨다.

부모님은 우리가 열 번을 쓸어 낼 때 한 번도 골목길을 쓸지 않는 이웃 때문에, 당신의 자녀들이 수고하는 것이 안타까웠던 것이다. 하지만 나는 골목길까지 쓸고 나면, 기분이 좋았다. 부모님의 칭찬은 마당을 계속 쓸 힘을 준다. 골목길과 마당을 쓸고 뒤돌아오는 길은 깨끗한 길이요, 내가 가는 길이었다. 나는 내 길을 쓴 것이다.

마루에 걸터앉아 깨끗이 쓴 마당을 보면 행복했다. 우리 집 마루에 걸터앉아 넓은 들판과 모악산을 바라보노라면, 마당 너머로 편안한 추

어머니의 밍크이불

억이 밀려온다.

나는 교회 마당도 즐거운 마음으로 쓸고 있다. 비가 오는 날이면, 우수관으로 들어가는 흙먼지와 오물들을 깨끗하게 쓸어 낸다. 그러면 물 청소한 것처럼 깨끗해져서 마음까지 상쾌해진다. 아파트에서 교회로 가는 길에 눈이 내리면, 내가 직접 치운다. 나를 아파트 경비원으로 착각하는 사람도 더러 있다. 언젠가 낙엽이 쌓인 곳을 경비실의 삽과 빗자루로 떠올리다가 지인 목사님을 만났다.

"아니 왜 목사님이?"

나는 깨끗한 길을 위해서라고 대답했다. 나의 마당 쓸기는 좋은 대나무 빗자루가 있었기에 즐거웠다. 부모님이 좋아하셔서 더 잘 쓸고 싶었다. 나는 요즘도 마당 쓸기를 좋아한다.

예수는 성전에 들어가서 성전 마당을 깨끗이 청소했다. 비둘기를 파는 자와 동전 바꾸는 자의 좌판을 둘러엎었다.

"이것들을 가지고 나가라, 아버지의 집과 기도의 집을 강도의 집과 장사의 집을 만들지 말라."

누구도 청소할 수 없던 성전 마당을 예수님은 깨끗하게 쓸었다. 예수님은 이 땅에 죄악을 청소하기 위해 오셨고, 십자가에서 죽으셨다. 사람들의 영혼 마당을 깨끗하게 쓸기 위함이다. 모두가 마당을 쓸어 내듯, 인생의 깨끗한 마당에서 살 수 있는 날이 오기를 소망한다.

나는 성경을 읽으며, 마음의 마당을 쓴다.

나는 은혜를 받으며, 영혼의 마당을 쓴다.

나는 회개를 하며, 죄악의 마당을 쓴다.

아버지와 소 그리고 나

농촌에서 쉬운 일이 어디 있겠는가. 그나마 어린 내가 할 만한 것으로는 소 풀 뜯기는 일이 제일 쉬웠다.

소는 우리 집의 VIP였다. 아버지는 소를 잘 먹이는 데 관심이 깊었다. 겨울에는 여물을 잘게 썰어서 곰탕을 끓이듯 푹 고아서 주었다. 물도 따뜻하게 데워 주었다. 여름철이 되면 나는 날마다 신선한 풀을 베어 지게로 날랐다. 풀을 베노라면 풀숲에서 뱀이 나올까 마음이 조마조마했다.

소는 단지 쟁기질이나 수레를 한철 끌고 나서는 수많은 날을 아무것도 안 하며 먹어대기만 하는 소가 상전이라는 생각이 들었다. 제집인 외양간 청소도 안 하고 진수성찬을 매일매일 먹는 것 같았다.

나는 소죽을 끓이고 외양간 청소도 했다. 여물도 쓸고 망태 가득 풀을 베어 왔다. 그래도 제일 쉬운 일은 풀 뜯기였다. 아버지가 풀 뜯기기를 시키면, 나는 그다지 싫지 않았다. 소는 풀을 뜯고, 나는 해찰을 하며 놀 수 있었기 때문이다. 소도 자유시간이고, 나도 자유다. 소 풀 뜯기기는 들판이나 강변과 물고랑에 소를 풀어 놓고 지켜보면 되었다. 들판이나 강변에서는 쇠줄을 길게 풀고 쇠말뚝을 박아 묶어 놓았다.

그 구역의 풀을 다 뜯으면 다시 옮겨 준다. 그렇게 몇 번 하고 나면 소는 배가 불룩해져 있다. 때로 풀이 우거진 물고랑 가까이에 매어 놓으면, 소가 포식하는 날이었다.

나는 소가 풀을 뜯는 동안, 자갈밭이나 잔디밭에 누워서 흘러가는 구름을 바라봤다. 새도 날고 비행기도 날아가고 종달새 소리와 비행기 소리도 들렸다. 하늘을 보며 하늘 같은 생각을 했다. 땅에 누워서 땅 같은 생각도 했다. 나는 소 풀을 뜯기던 친구들과 달리기도 하고, 고기잡이나 모래성 쌓기를 했다. 돌팔매질 시합도 하고 그도 시들해지면, 풀밭에 누워 낮잠을 잤다.

해가 서산으로 넘어가면, 쇠말뚝을 뽑고 쇠줄을 둘둘 말아서 소를 앞세우고 집으로 향한다. 송아지가 있을 때는 어미 옆에서 잘 따라가도록 해야 했다. 그렇지 않으면 다른 집의 논밭 작물을 해칠 수가 있기 때문이다. 그러면 아버지가 이웃 어른에게 걱정 들을 수가 있다. 쇠줄을 잡고 뒤를 따라가면 소 발걸음 소리가 정겹게 들리고, 소의 엉덩이가 흔들리는 것도 신기했다. 길지 않은 꼬리를 흔들며 파리를 쫓거나 꼬리에 묻은 물을 쇠꼬리로 털어 내는 모습을 지켜보노라면, 물세례를 받으면서도 마냥 재미있었다. 냇가를 건널 때면 소는 쭉쭉 소리를 내며 물을 마셨다. 소의 몸에 물을 뿌려 주면, 녀석은 눈을 껌벅이며 나를 쳐다봤다. 시원했나 보았다.

우리 집 골목으로 들어서면, 소의 목에 달린 워낭소리가 땡그랑땡그랑 유독 크게 울려 퍼졌다. 아버지는 수고했다고 칭찬했다. 아버지는 소의 배를 보며 오늘 저녁밥은 더 주지 않아도 되겠다고 하신다. 아버지는 소가 배부르면 하루를 만족해하셨다. 소가 배부르면, 아버지의 마음도 편하고 집안도 편안했다. 소는 배부르니, 이젠 가족들만 저녁을 먹으면 된다.

어머니는 밥상을 차려 주신다. 마당에 편히 누워 있을 때 워낭소리가 들리면 소의 되새김질이 시작된 것이다. 모깃불 연기가 피어오르고 매운 연기에 쿨럭거리며 여남은 식구가 등잔불 밑에서 저녁밥을 먹는다. 아버지는 소에게 마음과 정성을 다하고, 소는 아버지에게 충성과 헌신을 다했다. 나는 아버지와 소 사이에 끼어 살았다.

시편 23편은 다윗이 목동일 때 지은 시이다. 양과 목자의 관계를 알고 있는 다윗은 하나님과 자신의 관계를 찬송 시로 표현했다. 나는 소와 아버지의 관계로 시편 23편을 재구성해 본 적이 있다.

아버지는 소의 주인이시니, 소에게 부족함이 없도다. 아버지는 소를 푸른 풀밭에 뉘이시며 쉴만한 시냇물 가로 인도했다. 소의 힘을 소생시키시고 아버지의 이름을 걸고 소를 잘 먹이고 쉬는 길로 인도했다. 소가 사망의 음침한 병에 걸릴지라도 아버지는 수의사를 불러 치료해 주었다. 아버지는 싸리비와 튼튼한 솔로 등을 긁어 주고 털 관리를 해 주었다. 아버지는 아무리 춥고 더워도 푸른 밥상과 소죽을 끓여 주셨다. 소는 평생 아버지와 같은 사람을 못 만났다. 이제 아버지를 따라 아버지의 외양간에서 영원히 살고 싶어라.

어머니의 밍크이불

농사전쟁

농사는 잡초와 벌레(해충)와의 전쟁이다. 잡초와 벌레가 없으면 일이 많이 줄어든다. 농약 뿌리는 일이 줄어들면 훨씬 수월하다. 벌레는 벼 잎들을 갉아먹어서 성장을 방해한다. 이것을 잎마름 병이라고 한다. 벼 이삭이 나올 때 이삭의 목 부분을 갉아먹으면, 줄기가 시들어 쭉정이 벼가 된다. 목도열병에 걸리면 논에는 허연 쭉정이 이삭이 달린다.

논농사도 날마다 잡초를 뽑아야 한다. 해충인 벌레를 잡기 위해서는 모내기 전 못자리에서 농약을 뿌려야 벼가 건강하다. 또 모내기를 마친 너른 논에 농약 치는 수고를 덜 수가 있다. 못자리 농사가 벼농사의 성공과 실패를 좌우한다.

아버지는 매일 벼의 상태를 살폈다. 해충의 징조가 보이면, 다음 날 농약을 뿌렸다. 우리 집은 동리에서 처음으로 농약 분무기를 구입했다. 농약 통을 등에 지고 뿌리는 것이었다. 농약을 탄 물이 그득 든 농약 통을 등에 지고 오른팔로 옆에 있는 레버를 잡고 펌프질을 하면, 농약을 분출하는 서너 개의 꼭지에서 농약이 뿜어 나왔다. 무거운 농약 통을 메고서 발이 푹푹 빠지는 물 논에서 뜨거운 햇볕을 받으며 농약을 뿌려야 했다. 어머니와 나는 농약을 타는 물을 떠서 나르는 일을 했다.

일인용 분무기로 벼의 농약을 뿌릴 때는 아버지만 힘들었다. 어머니와 나는 아버지의 힘든 모습을 지켜만 봐야 했다. 아버지는 농약 치는 일이 제일 힘들다 하셨다.

얼마 후에 발로 펌프질을 하는 기계가 나왔다. 이 기계는 최소한 3인 이상이 협력해야 한다. 한 사람은 대형 플라스틱 통에 농약을 타서 호스를 넣고 한쪽 발로 밟고 서서 두 손으로 레버를 앞뒤로 움직여 펌프를 한다. 단순 작업이라 지루하고 쉴 수도 없었다. 잠시만 멈춰도 농약의 분무가 약해지기 때문에, 수십 말 통이나 든 농약 물이 없어질 때까지 쉬지 않고 펌프질을 해야 했다. 뜨거운 햇빛 아래서 간간이 농약 물이 가라앉지 않게 휘저으며 지루한 펌프질을 다리가 뻐근하게 굳어 오는 노동을 했다. 나는 주로 이 일을 맡았다. 어깨도 아프고 팔도 쑤시고, 목도 말랐다. 하지만 잠시도 요령을 부릴 수가 없었다.

농약 분무기와 펌프 사이에는 100여 미터가 넘는 긴 줄이 달려 있다. 더 멀리에 있는 논밭까지 뿌리기 위해서이다. 어머니는 이 농약 줄을 잡아 주는 일을 했다. 줄이 꼬이지 않게 농약을 뿌리는 방향으로 풀어 주기도 하고 감기도 하면서, 중간에서 줄 관리를 했다.

아버지는 최전선에서 농약을 뿌렸다. 농약이 나오는 꼭지가 대여섯 개가 있어서, 순식간에 넓은 고랑에 농약을 쳤다. 몸에 농약 줄을 감고 농약을 뿌리다가 역풍이 불면, 아버지가 농약 세례를 받았다. 그 기계로 농약 뿌리기는 아버지와 어머니와 내가 분업을 잘해야 신속하게 할 수 있었다. 농약을 친 후 갑자기 소낙비가 내리면, 농약의 효과는 반감된다. 속상하고 허탈했다.

어머니의 밍크이불

제일 힘든 일은 펌프질이다. 줄이 길어서 펌프질은 더 힘들었다. 한 번이라도 쉬면, 농약 분무가 약해졌다. 그러면 성질 급한 아버지는 농약이 안 나온다며 재촉했다. 나는 감정이 저기압이다. 내가 아버지보다 힘든 일을 하는데 아버지는 내 사정도 모르고 재촉하면 야속했다.

농약 통의 농약이 다 떨어지면, 장소를 이동하여 농약을 뿌린다. 이때에는 잠시 쉬는 시간이다. 우산을 펴고 그늘 속에서 잠시 쉬며 새참을 먹으며 감정을 다스린다. 농약 뿌리는 날은 고행과 수행의 날이다. 벌레가 죽느냐 내가 죽느냐 사생결단을 하는 날이다. 벌레를 죽이기 위해서는 나도 죽어야 한다. 아버지와 어머니도 죽도록 일했다. 죽을 각오로 벼들을 살리고 지켰다.

농약 치는 일을 마치면, 부모님은 철수가 도와주어서 할 수 있었다. 철수가 없으면 우리 둘이는 못한다고 칭찬하셨다. 그 말씀을 들을 때는 힘이 생겼다. 추수하기까지 서너 번 이상이나 농약을 더쳐야 하니, 밥 한술이 귀하게 생각되었다.

그런데 마지막 농약을 늦게 쳐서 낭패를 본 적이 있었다. 벼 이삭이 나오기 시작하면, 목도열병이 많이 발생한다. 아버지가 이때를 놓치게 되었던 것이다. 결과는 참담했다. 벼 잎은 무화과나무처럼 무성했으나, 벼들은 익은 곡식이 되지 못하고 모두가 허연 쭉정이가 되었다. 고개를 숙인 알곡이 아니라, 머리를 든 채 바람에 흔들리는 쭉정이가 되고 만 것이다. 부모님은 벼들을 바라보시며 한숨만 쉬었다. 이른 봄부터 가을까지 쏟은 온갖 수고가 헛것이 되어 버렸다.

이웃들도 안타까워했다. 벼를 베는 날 사람들이 우리 집 벼 베기를 오지 않았다. 너무 속상해서 벼를 벨 마음이 없다고.

벼를 추수하니 온전한 알곡이 없었다. 수십 가마니 쌀을 수확할 논에서 좁쌀 몇 가마니를 추수했으니, 걱정이 태산이었다. 그때 나는 고3이었다. 부모님은 학비와 농사비용 걱정이 태산이었다. 아버지는 마루에 앉아서 말없이 걱정하고, 어머니는 부엌 아궁이 앞에 앉아서 걱정했다. 부모님이 마른침을 삼킬 때마다 나는 부모님이 걱정되었다. 올망졸망한 자식을 아홉이나 둔 부모님은 내년 농사에 소망을 걸고 견디셨다.

2020년, 인류는 코로나 팬데믹을 겪으면서 수많은 소독을 했다. 길가에서도 집 안에서도 소독약을 뿌리고, 손을 씻으며, 소독약을 발랐다. 코로나 바이러스를 이기기 위해서 소독 세례 속에서 살았다.

나는 교회 정원에 있는 30여 그루의 나무를 보살피고 있다. 많지는 않으나 자주 손이 가야 한다. 그중에 제일 힘든 일이 소독이다. 큰 나무를 소독하기란 쉽지 않다. 적절한 시기보다 약간 늦게 할 때가 많다. 벼들은 농약 세례를 받아야 알곡을 맺는다. 해충은 농약 세례를 받으므로 죽는다. 곡식은 햇볕과 장마 세례를 받아야 알곡을 맺는다.

세례요한은 회개의 물세례를 받으므로 정결해지기를 외쳤다. 악하고 불공정한 세대가 받아야 할 것은 회개의 물세례다. 회개하고 세례를 받아서 깨끗해졌으면 한다. 예수는 제자들에게 성령세례 받기를 기다리라고 했다. 요한의 물세례로는 부족하고, 성령세례를 받아야 할 것을 부탁했다. 성령세례를 받아야 믿는 사람으로서 사명을 다하고 마귀를 물리치고 시험을 이길 수 있기 때문이다. 믿는 자들은 주일에 와서 설교를 들으며 말씀 세례를 받는다. 말씀 세례를 받으므로 온갖 마귀와 질병으로부터 자신을 지킨다. 가룟 유다는 예수를 판 은 30냥의 돈 세례를 받은 다음, 돈과 자신의 생명을 모두 잃어버렸다. 그는 예수를 죽이고 자신이 살려고 했지만, 결국 본인만 죽게 되었다. 바울은 날마다 나는 죽노라 하며 자기를 죽임으로써 사는 길을 찾은 사람이다.

나는 아버지 어머니와 함께 농약을 뿌리며 힘들던 시간을 반추하면서 힘을 얻는다.

성경을 찢었기 때문에

부모를 이기는 자식은 있어도, 자식을 이기는 부모는 없다는 말이 있다. 아버지는 부지런한 분이었지만 성격이 급했다. 말이 떨어지면 즉시 행동에 옮기기를 원했다. 젊은 시절 경찰이던 아버지는 경찰과 군대 이야기를 많이 했다. 지휘관이 명령하면 전 분대원이 복종하듯, 아버지가 말씀하시면 가족은 즉시 순종하고 실천해야 한다고 강조하고 또 강조했다.

옛날 두 아버지가 자녀들에게 소를 지붕 위에 올리라고 했다. 한 집의 자녀들은 소를 지붕 위에 올리기 위해 소를 끌고 오고 소가 지붕 위에 올라갈 수 있게 볏단을 쌓아 올렸다. 그리고는 여러 형제가 도와서 소를 지붕 위에 올려놓았다.

그런데 다른 집의 자녀들은 아버지의 말을 듣지 않은 채 '왜 소를 지붕 위에 올리라 하느냐. 왜 가망 없는 일을 시키느냐. 말이 안 된다'며 아버지의 말씀을 거역하고 형제들은 서로 미루며 다투었다.

순종하지 않는 가정은 늘 다툼이 일어난다. 위의 예화를 들면서 아버

어머니의 밍크이불

지는 안 될 때 안 되더라도 가장의 말을 따라야 한다고 강조하셨다. 조금 억지스럽고 가부장적인 생각이었으나, 1960~1970년대에는 군인 정신이 가정에도 충만했다.

아버지는 밥상을 마당에 던진 적도 있었다. 가솔을 아버지의 뜻대로 이끌고 싶어 하셨다. 그때 나는 아버지에 대해 두려움과 반발심이 일었다. 아버지는 자식 교육에 아낌없이 투자했다. 큰누나를 대학에 보냈을 때, 동네 사람들은 딸을 대학에 보냈다고 은근히 걱정하거나 질투했다.

내가 고등학교 3학년 입시를 앞두고 있었다. 아버지는 공대나 법대를 가기를 원했다. 아버지는 나름대로 계산이 있었다. 그런데 나는 교회를 다니며 은혜를 받고 목사가 되겠다고 결심했으나, 속내는 숨기고 있었다. 얼마 후 대학 원서를 쓰면서 아버지와 충돌했다. 아버지는 공대와 법대를 주장하고, 나는 신학대학원에 가기 전에 철학과를 가겠다고 고집했다. 아버지는 철학과에 가려면 아예 대학 진학을 포기하라고 하셨다. 나는 철학과 진학을 허락해 주지 않으면, 집에서 속을 썩이며 살겠다고 강력히 반발했다. 아버지와 아들 사이에서 어머니와 누나들의 고민이 깊어졌다.

결국 아버지는 자식 이기는 부모 없다며 한발 물러섰다. 아버지는 내가 공대나 법대를 가지 않는 것 때문에 잠재된 분노가 있었다. '철학을 하면 밥이 나오느냐 돈이 나오느냐. 교회에 다니면, 하나님이 교회를 지어 주느냐.' 역정을 내셨다. 아버지는 내가 교회 다니는 것도 여러모로 못마땅해 하셨다. 주일에 날씨가 좋아서 농사일 좀 도와 달라고 하면 교회로 가 버리니, 아버지의 분노는 더욱 쌓여 갔다. 아침 일찍 교회에 가서 저녁 늦게 오면, 아버지가 대문을 잠가서 담을 넘은 적도 있었다.

아버지가 막걸리에 취하신 날엔 교회와 철학과에 분풀이했다. 아버지는 평소 못 했던 말을 술기운을 빌리곤 했다. 책을 마당에 던지고 성경책을 찢었다. 아들에게는 직접 못 하고 성경책과 철학책에 분풀이를 한 것이다. 예수 믿으면 밥이 나오느냐, 돈이 생기느냐. 철학을 하면 굶어 죽는다며 탄식했다. 자식을 키우는 아버지의 생애 여정에서 성경과 철학 때문에 좌절감이 생긴 것이다. 아들이 성경과 철학 때문에 아버지가 원하는 길을 가지 않은 것이라는 생각을 했기 때문이었다.

내가 대학을 졸업하고 장로회 신학대학원 3학년을 마친 12월이 되었다. 아버지는 당신 생일을 맞아 할 말이 있으니 자식들에게 모두 모이라고 했다. 무슨 말을 하실까 궁금했다. 아버지는 오늘 생일부터 교회에 나가겠다고 선포했다. 아버지는 교회 십자가와 교회를 보면서 나가고 싶은 생각이 많이 들었다는 것이다. 나는 아버지가 교회에 나오시기를 기도했지만, 직접 전하지는 않았다. 하나님의 선택과 부름 이외에 달리 설명할 길이 없었다. 그리고 아버지는 하루도 빠짐없이 드시던 막걸리도 뚝 끊으셨다.

아버지가 출석교인이 된 것은 당신이 교회를 극렬히 반대했기 때문이라고 나는 생각한다. 성경을 찢은 죄 때문에. 교회에 다니는 것을 핍박한 죄도 크다. 성경을 찢고 버린 죄는 더 크다. 목사가 되려는 자식을 반대한 죄도 있다. 하나님은 죄인을 사랑하고 불쌍히 여기셔서 아버지를 믿게 한 것이다.

아버지는 교회에 다니기 시작한 날부터 매일 성경을 읽었다. 하루도 빠짐없이 읽었다. 아버지는 성경을 무조건 믿지 않고, 성경을 읽으며 믿었다. 또 일찍 일어나는 습관이 있었기에, 자전거를 타고 새벽기도에도 빠지지 않았다. 그리고 설교말씀도 열심히 들어서 은혜받고 신앙 성장도 빨랐다.

결국은 늦게 예수를 믿었지만, 안수집사와 장로로서 신앙생활을 하게 되었다. 아버지가 예수를 믿은 후부터 주일에 일하자는 말씀은 없었다. 술을 끊고 아들이 목사가 되니, 주변에서 칭찬도 들었다. 또한 아들이 군목이 되자, 부러움을 사기도 했다. 그래서 아버지의 영혼과 육신에 평안이 찾아왔다. 먼저 된 자가 나중 되고 나중 된 자가 먼저 된다는 말씀은 우리 아버지에게 해당하는 말이었다.

바울도 스데반을 돌로 쳐 죽이는 데 앞장섰다. 교회를 잔멸하고 각 집에 들어가 믿는 자를 체포하여 투옥시켰다. 살기가 등등하여 240km 떨어진 다메섹까지 대제사장의 공문을 앞세우고 핍박의 길을 나섰다. 바울은 이 핍박의 길에서 부활 예수에게 생포되어, 예수를 믿고 복음을 전하는 사도가 되었다.

나의 나 된 것은 하나님의 은혜라고 했는데, 이 말은 아버지에게도 고스란히 들어맞는 말이었다. 예수는 원수를 살려 주고 일꾼을 만들었다. 여기에는 사람의 논리보다 다른 하나님의 논리가 있었다.

이사야는 하나님에 대해 이렇게 말했다

'내 생각은 너희의 생각과 다르다. 하늘이 땅보다 높은 것같이 내 생

각은 너희의 생각보다 높으니라.'

하나님은 아버지에 대해 내가 생각하는 것과는 다른 생각과 높은 생각을 갖고 계셨던 것이다. 하나님은 아버지가 성경을 찢어도 용서했다. 아들이 목사가 되는 것을 반대해도 구원했다. 우리 아버지를 구원한 하나님 아버지는 영원한 아버지다.

마르지 않는 사랑

어머니와 칼국수

  음식은 삶의 추억이 되고 사람을 생각나게 한다. 내가 어렸을 땐 먹거리가 흔하지 않았고, 종류도 그리 다양하지 않았다. 쌀밥, 보리밥, 떡, 감자, 고구마, 옥수수, 수제비, 국수와 같은 자연 친화적인 음식들이었다. 쌀이 부족했던 시절이어서, 국가적으로 분식을 장려했다. 칼국수와 수제비를 제일 많이 먹었다. 그런데 나는 국수를 싫어했다. 씹는 식감이 없기 때문이다. 묵과 잡채도 좋아하지 않았다. 국수처럼 너무 부드럽기 때문이다. 그러나 수제비와 칼국수는 좋아했다. 국수에 비해 쫄깃쫄깃한 맛이 있었다. 나는 지금도 부드러운 음식보다 딱딱한 것이 좋다. 고기도 부드러운 것보다 약간 질긴 것을 좋아한다.

  내가 중학교 2학년 때 라면이 처음 나왔다. 라면은 쫄깃쫄깃한 식감 때문에 좋았다. 지금도 푹 익은 라면보다 설익은 라면을 더 잘 먹는다. 교회에서 많은 사람이 함께 공동식사를 할 때, 국수에 라면 몇 개를 넣고 끓이면 식사 시간이 기다려지곤 했다.

  우리 집은 이모작을 했다. 가을에 벼를 베고 보리나 밀을 심고 초여름에 밀과 보리를 추수하고 다시 벼를 심었다. 추수한 밀을 방앗간에서 빻아 왔다. 그 밀가루는 색이 누렇고 곱지 않았지만, 칼국수나 수제비를 끓이면 구수한 맛이 더 있었다. 처음 익은 밀과 보리 한 단을 베어다가 마당에 짚불을 피우고 밀이나 보리 이삭을 구워 먹으면, 야들야들하고 쫄깃쫄깃한 맛이 났다.

더위가 시작되고 찬바람이 불 때까지 칼국수와 수제비를 많이 먹었다. 칼국수와 수제비는 더울 때 밖에서 웃통을 벗고 먹으면 더 맛있었다.

우리 집은 식구가 많아서 칼국수나 수제비를 가마솥으로 끓였다. 수제비를 끓이는 날은 잔치 날처럼 온 식구가 매달려서 만들었다. 어머니는 밀가루 그릇에 물을 붓고 반죽을 했다. 그러면 밀가루는 물기를 흡수하면서 반죽이 되어 갔다. 물을 더 넣으라 하면 자식들은 서로 넣으려고 경쟁했다. 그러다가 많이 부어서 반죽이 묽어지면 덜렁댄다고 꾸중하셨다. 밀가루 반죽을 직접 하고 싶다고 하면, 흘려서 안 된다 하셨다.

반죽은 어머니 전용이다. 반죽이 끝나면 넓은 상에서 홍두깨나 방망이로 반죽을 얇게 밀었다. 너무 얇거나 두꺼우면 안 되었다. 너무 얇으면 칼국수가 힘이 없고, 너무 두꺼우면 딱딱해지기 때문이었다. 어머니는 잘 밀어 놓은 반죽을 이중 삼중으로 접어서 송송 썰어 넓은 채반 위에 널며 달라붙지 않게 밀가루를 뿌렸다.

칼국수를 썰어서 그걸 채반 위에 올려놓는 어머니의 손동작은 마치 예식이라도 치르는 것처럼 진지했다. 칼국수 작업을 마치면 부엌에서 끓고 있는 대형 솥에 끓여 큰 양푼에 담아서 마당으로 가져왔다. 우리는 안마당 멍석 위에서 땀을 흘리며 칼국수를 먹었다. 호호 불며 먹던 칼국수는 그야말로 칼국수다운 맛이 있었다. 한 그릇 먹고 두 그릇 먹고 더 먹으면 배는 어느새 올챙이배가 되어 있었다. 어머니는 우물가에 가서 땀을 씻으라며 우리를 쫓아냈다. 시원한 물로 씻고 나면 배는 부르고 얼굴은 시원하여, 세상 누구도 부럽지 않았다.

우리 집은 팥 칼국수도 자주 끓였다. 팥 칼국수는 칼국수와 달리 팥죽 같은 국물의 식감이 좋았다. 가끔 다슬기 칼국수도 만들었다. 동네 앞 시냇가에는 다슬기 천지였다. 비가 오는 날에는 다슬기가 시냇가 가장자리 풀 속에 많이 붙어 있어서 소쿠리를 대고 흔들면, 한 사발씩 잡혔다. 냇물 바닥에도 다슬기가 지천으로 널려 있어서, 잠깐만 잡아도 한 양푼씩이나 잡혔다. 다슬기 칼국수는 시원한 국물 맛이 좋았다. 삶은 다슬기는 온 가족이 앉아서 까먹었다. 칼국수와 수제비와 팥 칼국수도 좋지만, 다슬기 칼국수의 맛은 더욱 잊을 수가 없다.

우리 집 칼국수는 홀로 만드는 음식이 아니었다. 어머니와 누나와 동생들이 함께 만들고 함께 먹었다. 칼국수를 만들 때 수다를 떨며 정성스레 만들었다.

나에게 칼국수는 어머니를 추억하는 거울 같은 음식이다. 칼국수는 고향의 음식이다. 칼국수는 가족의 음식이다. 칼국수는 함께 먹는 음식이다. 칼국수는 어머니가 주관하던 어머니의 음식이다. 칼국수는 즐겁게 만들고, 편안하게 먹던 음식이다. 칼국수는 함께 만들고 함께 먹으며 함께 살게 한 음식이다. 어머니와 온 가족이 마루에서 칼국수를 만들던 추억은 벌써 옛얘기가 되었다.

예수는 제자들과 마지막 만찬을 하면서 떡과 잔을 주었다. 떡을 주시며, '이것은 너희를 위한 내 몸이니 이것을 행하여 나를 기념하라.'고 했다. 또 한 잔을 주시며, '이것은 내 피로 세운 새 언약이니 이것을 행하여 마실 때마다 나를 기념하라.' 했다. 떡과 포도주는 내 죄를 위해 죽으신 예수를 기억하고 기념하는 음식이다.

지난번 어머니의 15주기에 임실호국원 옆에 있는 다슬기 칼국수 집에 갔다. 어머니 생각이 났으나 어머니가 만든 맛과는 달랐다. 칼국수는 나를 어머니 곁으로 부르는 음식이다.

내가 복이 제일 많다

가지 많은 나무에 바람 잘 날이 없다. 우리 부모님은 대가족을 건사하느라, 마음 편할 날이 없었다. 낳는 것도 힘들었겠지만, 키우는 일은 더욱 힘들었을 것이다. 또 아홉 자녀를 공부시키고 결혼시키기까지 힘은 들었지만, 기쁨과 보람은 더 크다고 하셨다. 아홉 자녀 중에는 연년생도 있었다. 할머니와 증조할머니 그리고 고모들이 계셔서 육아에 도움이 되었다.

그러나 매일매일 전쟁이었다. 젖 먹이고 씻기고 입히고 쌈박질을 말리고 잠을 재우는 것도 전쟁 같았다. 산더미 같이 나오는 빨래와 삼시세끼를 차리는 일과 농사와의 전쟁을 하루도 거르지 않았다.

하루라도 세탁을 거르면 빨래가 산더미처럼 쌓였다. 마당에 있는 두 개의 빨랫줄에는 기저귀와 아이들 옷이 늘 만국기처럼 펄럭거렸다. 장마철에는 방에 불을 때고 방바닥에서 빨래를 말렸다. 겨울철에는 저녁마다 젖은 빨래가 여기저기 걸려 있었다. 심지어 솥뚜껑 위에서도 말리고, 아궁이에 불을 때면서 옷을 불에 쬐어 말리는 비상사태도 다반사였다.

날씨가 궂은 날은 아홉 명이 집 안에서 뛰어 노느라 정신이 없었다.

이 방 저 방 돌아다니고, 마루에서 뛰고, 문짝에 매달리고…. 온 집 안이 놀이터였다. 부모님은 놀다가 싸우고 울고불고하면, 재판장이 되어야 했다. 그래도 날씨가 좋은 날은 마당에서 놀아서 그나마 다행이었다.

우리 집은 끼니때마다 상을 서너 개씩 차려야 했다. 식사 때마다 암묵적 전쟁을 벌였다. 양보가 미덕이 아니요, 맛있는 것이 있으면 먼저 먹는 사람이 임자였다. 어쩌다 먹지 못하는 사람이 생기면, 다투고 눈물 바람이 났다. 식사 때가 되면 우는 놈이 한둘은 꼭 있었다. 어머니는 늘 밥이 어디로 들어가는지 모르겠다며 밥 먹을 시간도 없다 하셨다.

식사를 마치면 설거지 그릇이 산더미였다. 사기그릇과 놋그릇은 몹시 무거웠다. 우물에서 설거지를 하던 때, 비가 오면 비를 맞거나 누군가 우산을 받쳐 주어야 했다. 그래도 대부분 비를 맞고 설거지를 했다.

'내가 전생에 무슨 죄를 지었기에, 아홉이나 낳고 이 고생을 하나. 남편 복이 없으면, 자식 복이라도 있어야지.' 어머니는 자주 신세 한탄을 하셨다.

농사와 가사노동과 자녀양육에 시달리신 어머니. 세월이 약이라 했던가. 그런 중에도 우리 형제들은 날로 성장했다. 큰누나가 교대를 졸업하고 초등학교 선생님이 되었다. 나는 고등학교 1학년이었고, 막내 여동생은 초등학교 입학 전이었다. 선생님이 된 큰누나는 부모님에게 큰 자랑거리가 되었다. 큰누나는 동생들에게 학비도 주고 용돈도 주었나. 큰누나가 집으로 놀아오는 주말은 부모님과 동생들도 설레는 시간이 되었다. 큰누나는 부모님에게 큰 힘이 되었다. 딸들을 공부시킨다고 비아냥거렸던 동네 사람들도 우리 집을 부러워하게 되었다.

우리 형제들이 장성하여 대학을 졸업하게 되자, 부모님과 동네 사람들의 의식에 역전 현상이 벌어졌다. 어머니는 자식을 많이 낳은 것이 수치스러웠는데, 이제는 자랑스러운 어머니가 되었다. 전에는 자식들 때문에 일을 많이 했는데, 이제는 자식들의 도움을 많이 받게 되었다. 전에는 자식들 때문에 분주했지만, 이제는 자식들 때문에 행복한 기다림이 많아졌다. 전에는 '무슨 죄가 있어서 이렇게 자식들을 많이 낳았나, 왜 딸들은 이리 많이 태어났나' 자책했으나, 이제는 딸을 많이 낳은 것이 오히려 복이 되었다. 부모님은 자식들을 결혼시키고, 사위와 며느리를 얻고, 손자 손녀를 돌보는 시간을 자식 키울 때보다 더 좋다고 하셨다.

아홉 명의 자녀가 모이면 집안이 떠들썩했다. 부모님은 자손이 그득한 집안에서 기쁨을 감추지 못했다. 이웃도 우리 집을 부러워했다. 아홉 명의 자녀가 주는 용돈도 두둑했다. 아홉 명의 자녀가 하나하나 집을 장만할 때마다, 부모님은 기쁨을 감추지 못했다. 딸들은 늘 부모님 곁에서 친구처럼 지냈다. 그러면 어머니는 동네 사람들에게 자랑도 곧잘 하셨다. '내가 제일 복이 많다. 키울 때는 고생했는데, 키워 놓고 보니 정말 좋다.' 하셨다.

딸을 많이 둔 부모가 대부분 노년에 외롭지 않듯, 어머니도 그랬다. 우리 부모님이 제일 잘하신 일은 딸을 일곱 명 낳은 것이다.

자식들은 부모님 덕분에 복받은 사람으로 살고 있다. 예수는 8복을 말했으나, 어머니는 아홉 명의 복된 자녀를 낳고 길렀다.

첫째 딸을 낳으므로 복이 있나니 힘이 될 것이요.

둘째 딸을 낳으므로 복이 있나니 마음이 온유할 것이요.

첫째아들을 낳으므로 복이 있나니 목사가 되어 구원을 베풀 것이요.

셋째 딸을 낳으므로 복이 있나니 근심 걱정이 없을 것이요.

넷째 딸을 낳으므로 복이 있나니 마음을 시원하게 할 것이요.

다섯째 딸을 낳으므로 복이 있나니 마음이 따뜻해질 것이요..

여섯째 딸을 낳으므로 복이 있나니 병중에 잘 모실 것이요.

둘째 아들을 낳으므로 복이 있나니 심부름을 잘할 것이요.

일곱째 딸을 낳으므로 복이 있나니 삶의 양념이 될 것이로다.

어머니는 노년에 '아홉 자녀를 낳고 길러서 내가 제일 복이 많다'고 했다. 어머니가 아홉 자녀를 낳아서 우리는 복되게 살아가고 있다. 내가 제일 복이 많다고 한 어머니처럼, 우리도 복된 자녀라고 생각하며 살아가고 있다.

솔로몬은 시편에서 '젊은 자의 자식은 장사의 손에 들린 화살 같으니, 이것이 그의 화살 통에 가득한 자는 복되도다. 그들이 성문에서 그들의 원수와 담판할 때 수치를 당하지 아니하리로다. 하나님을 경외하며 그의 길을 걷는 자마다 복이 있다. 네가 네 손이 수고한 만큼 먹을 것이요, 네가 복되고 형통하리로다. 네 식탁에 둘러앉은 자식들은 어린 감람나무 같으리라. 하나님을 경외하는 자는 이 같은 복을 얻으리로다.'

나는 어머니의 말씀처럼 '사람이 복이다. 자녀가 복이다. 부모가 복이다.' 생각한다.

어머니, 당신 있음에

요즘엔 전기와 가스 불로 요리를 한다. 그전에는 석유곤로 또는 풍로로 조리를 했다. 아궁이에 볏짚이나 장작불을 지펴 음식을 만들 때보다 편리해졌다며 좋아했다. 그보다 훨씬 전에는 연탄불로 난방을 하고 밥을 지었다. 나름 효과적이고 경제적인 시스템이었다. 나는 주방의 다양한 변천사를 겪으면서 살았지만, 특별히 아궁이에 불을 때며 살았던 시절을 그리워한다.

우리 집 부엌은 꽤 넓었다. 대형 가마솥 두 개와 대형 양은솥 한 개가 부뚜막에 걸려 있었다. 그리고 그 옆에는 채반과 찬장들이 있었다. 부엌 입구에는 땔감을 쌓아 두는 헛간이 넓게 자리하고 있었다. 대형 가마솥 옆에는 커다란 물 항아리가 있었다. 아궁이에 불을 때면 연기가 빠져나갈 까치 창이 숭숭 뚫려 있었다. 부엌 앞뒤의 나무 문짝은 여닫을 때마다 삐거덕거렸다. 아버지는 어머니보다 일찍 일어났다. 그리곤 큰 가마솥에 물을 가득 채우고 아궁이에 불을 지폈다. 뒤이어 나온 어머니는 따뜻한 물로 밥을 짓고 국을 끓였다. 그 더운물로 우리는 따뜻한 세수를 할 수 있었다.

아버지와 어머니가 이른 아침 아궁이에 불을 때면, 아랫목은 점점 따

　　　　　　　　　　　　　어머니의 밍크이불

뜻해졌다. 그러면 방바닥에 더 붙어 늦잠을 자고 싶었다. 아침엔 학교에 가야 해서 부모님과 불을 때거나 아궁이 앞에서 불을 쪼일 시간이 많지 않았다. 가끔 일찍 일어나면, 내복 차림으로 부엌에 나오곤 했다. 어머니 곁에 쪼그리고 앉아 불을 쬐면, 어머니 곁도 따뜻하고 아궁이 불도 따뜻했다.

어머니는 '추운데 얼른 방으로 들어가라.' 하시면서도 아궁이에서 타고 있던 잉걸불을 앞으로 끌어내어 더 따뜻한 불을 쬐게 해 주셨다.

솥뚜껑은 양말을 말리는 난로가 되기도 했다. 어머니는 밥을 지을 때 강하게 불을 때다가 밥솥에 눈물방울이 흐르면 중지했다. 한 5분쯤 뜸을 들이고 다시 약하게 불을 때서 밥을 지었다.

부모님의 새벽일은 자녀들에게 새로운 하루를 살게 한다. 새벽은 아침을 만들고, 아침은 하루를 만들었다. 저녁이 되면 어머니는 아침처럼 아궁이에 불을 때고 저녁을 지으며, 쌀뜨물로 시래깃국을 끓였다. 끼니때마다 15여 인분의 밥을 짓고 반찬을 만드는 일도 어머니에겐 고된 노동이었다.

어머니는 아궁이의 잔불로 꽁치나 고등어를 석쇠 위에 올려 구웠다. 냄새만 맡아도 구수한 게 입에서 군침이 돌았다. 아궁이 잔불은 김도 굽고 계란찜도 하고 찌개도 데우고 고구마도 구워 먹는, 만능 화덕 역할을 했다.

나는 뒤뜰에서 혼자 여물을 쑤는 것을 좋아하지 않았다. 그러나 부엌에서 어머니가 밥을 지을 때 불을 때고 불을 쬐는 것은 너무 좋았다. 내가 어머니 곁에 있고 어머니가 내 곁에 있으니 더욱 좋았다. 어느샌가 가스 불로 요리하는 시대가 되었다. 편리했지만, 아궁이의 추억도 어머니의 온기도 느끼지 못하게 되어 아쉬웠다.

예수가 잡혀 대제사장의 집에서 심문을 받고 있었다. 베드로는 따라가서 대제사장의 마당에서 불을 쬐고 있었다. 여종 하나가 베드로에게 이 자도 예수와 함께 있었다고 했다. 이에 베드로는 불을 쬐며 몸은 따뜻해졌지만, 차가운 마음으로 예수를 부인했다. 엠마오로 내려가던 두 제자는 예수의 말씀을 듣고 마음이 뜨거워졌다.

나는 오늘도 기도하고 말씀을 읽는다. 내 마음의 아궁이에 따뜻한 불이 지펴지기를 바라면서. 나는 주일의 양식(설교)을 준비하는 주방에서 어머니가 밥을 짓던 부엌을 그리워한다.

마르지 않는 사랑으로

요즘은 어디서나 수도꼭지만 돌리면 물이 콸콸 쏟아진다. 나의 초등학교 시절인 1960년대 대부분의 시골집에서는 우물을 사용했다. 이 우물도 집집마다 있는 것이 아니었다. 한동네에 몇 집뿐이었다. 거의 공동우물에서 물을 길어다 먹었다. 물동이나 물지게로 물을 길어와 물항아리에 채우고, 동네 사람들은 우물가에 모여 수다도 떨었다.

우리 집에는 동네에서 몇 안 되는 큰 우물이 있었다. 그래서 멀리 물을 길러가는 수고를 하지 않았다. 당시에는 우물을 파려면 비용이 많이 들기 때문에, 집집마다 우물을 팔 형편이 못되었다. 세월이 흐르고 집집마다 우물을 파니 옆집 물길과 같아서 다른 집 샘물이 줄어들기도 했다.

당시의 우물은 넓게 파고 우물의 벽을 돌담을 쌓듯 했다. 장마철에는 수질 오염 때문에 소독약을 넣어서 그 냄새 때문에 고역을 치르기도 했다.

우리 집 우물의 두레박은 군인용 철모였다. 강철이라 깨지지도 않고 물을 쉽게 퍼 올릴 수 있었다. 그러다가 양철을 입힌 두레박을 사용했는데, 얼마 지나지 않아 찢어지고 녹슬고 오그라져서 오래 사용하지 못했다. 그 후론 가볍고 큼지막한 플라스틱 두레박이 생산되어서, 물을 쉽게 퍼 올릴 수 있었다. 우리 집의 모든 일은 우물에서 시작되고 우물에서 끝났다.

가족이 몸을 씻는 일도 우물에서 하고, 산더미 같은 설거지도 우물물을 퍼 올려 사용했다. 때로 닭을 잡거나 각종 채소를 씻는 일과 쌀을 씻고 보리쌀을 불리는 것도 이 우물에서 했다. 그리고 부엌에 있는 큰 항아리에도 우물물을 채워 넣어야 했다. 여름철 더위에 이 우물물을 마시면 아주 시원했다. 어머니는 한여름에 반찬이 고추와 고추장뿐인 보리밥 점심을 이 우물물에 말아 드시곤 했다.

넓은 마당이 여름 더위로 달아올랐을 때 물을 뿌리면, 마당의 열기도 식고 마음도 시원해졌다.

나는 우물에서 물을 퍼 올리는 것을 좋아했다. 어머니가 설거지할 때도 물통에 가득 물을 채워 놓곤 했다. 빨래할 때에는 많은 물이 필요했다. 그때도 계속 옆에 있는 물통에 채우고 빨래 위에 물을 부어 드렸다. 어머니가 빨래를 헹구는 속도에 맞춰 정신없이 빨리빨리 퍼 올려야 했다. 물을 길어 올릴 때도 두레박을 잘 뒤집는 기술이 필요하고, 그것을 흘리지 않고 가득 퍼 올리는 요령이 있어야 했다.

"그만해라. 팔 아플 텐데, 됐다 됐어."

어머니는 고단한 가운데서도 물을 퍼 주는 어린 아들의 팔이 아플까 봐 걱정하셨다. 나는 빨래가 끝날 때까지 물을 계속 퍼 올렸다. 빨래가 끝나면, 물을 퍼 올리는 것도 함께 끝난다. 나는 빨래 후의 개운함을 어머니와 함께 누렸다. 어머니를 도와드린 날은 어쩐지 뿌듯했다. 그 후

수도가 들어와서 삶이 다소 편해졌다. 하지만 우물가의 추억은 늘 새롭다. 불편함 속에서 더 애틋한 추억이 만들어지는 것 같다.

나는 목사로서 일생 다른 우물을 퍼 올리고 있다. 책을 읽으며 이성의 두레박으로 진리의 물을 퍼 올리고, 그것을 마시며 살았다. 진리의 물을 퍼 올려서 나도 마시고 다른 사람에게 나누어 주는 일을 했다. 책에서 퍼 올린 진리의 물은 정신적 목마름을 해갈시켜 준다. 책 속의 진리를 퍼 올리는 기쁨은 이루 말할 수 없다. 독서와 글쓰기 모임에서 함께하는 것은 이성과 감성의 두레박으로 진리의 물을 퍼 올리는 시간이다. 목사로서 성경을 읽고 묵상하는 것은 영생의 물을 길어 올리는 것이다. 뿐만이 아니라, 성경에서 퍼 올린 영생과 구원과 진리의 물은 설교를 통해 성도들에게 흘러간다.

나는 성경을 읽고 성령의 두레박으로 묵상하며 진리와 영생의 샘물을 퍼 올리는 일을 행하기에, 개인적인 목마름은 없다. 말씀인 진리의 물이 나를 깨끗하게 하고 정결케 한다. 성경은 수천 년 동안 수십억 명이 퍼 올리고 퍼 올려도 마르지 않는 영생과 구원과 축복의 우물이다. 성경의 우물은 야곱이 물려준 수가성의 우물보다 영생의 물이 풍성하다.

예수는 '누구든지 제자의 이름으로 이 작은 자 중 하나에게 냉수 한 그릇이라도 주는 자는 결단코 상을 잃지 않으리라.' 했다. 물이 귀한 팔레스타인 지역에서는 목마른 자에게 물 한 그릇을 퍼 주는 것은 상 받을 일이다. 지금 지적으로 목마른 자와 영적으로 목마른 자에게 지성의 물과 영생의 물을 퍼 주는 자는 상을 받게 될 것이다.

나는 일생 성경을 읽고 묵상하며 영생과 구원의 물을 퍼 올리며 검약한 설교자로 살았다. 은퇴하면 몇몇 주변 사람들과 나누고 싶다. 하나님은 '됐다 됐어. 설교하느라 애썼다. 하지만 또 부모가 되어 보니 기쁘지 아니하냐.'고 하실 것 같다.

지금 당신에게 필요한 것은

어린 자식은 부모를 찾아야 살길이 열린다. 장성한 아들은 이성적 사고로 중심을 잘 잡아야 가정을 지킬 수 있다. 노년의 부모는 자식이 있어야 의지가 된다.

우리 어머니는 환갑 이후 당뇨가 시작되었다. 처음에는 당뇨를 대수롭지 않게 생각하고 살았다. 그 당시만 하더라도 흔하지 않은 질병이었다. 또 의료보험도 되지 않던 때라, 웬만큼 심각한 질병이 아니고선 신경을 쓰지 않았다. 아니 바쁜 농사일에 치여 신경 쓸 겨를도 없었다.

당뇨 증세가 생긴 지 20년이 지나면서 당뇨는 본격적으로 어머니를 힘들게 했다. 어머니는 혼자서 거동이 불편하여 누군가의 부축을 받아야 했다. 급기야 어머니는 여동생 집으로 거처를 옮겼다.

어머니는 더 많이 펴 주고 더 많이 그리워하던 아들 덕을 전혀 보지 못하고, 딸의 보살핌을 받았다. 젊은 날의 어머니는 딸을 많이 낳은 것이 숨기고 싶은 현실이었는데, 노년기에 접어들어선 딸의 간호를 받으며 딸 덕분에 마지막 시간을 여여하게 보냈다. 아버지는 시골집에서 혼자 계시다가 가끔 동생 집에 가셨다. 어머니도 가끔 시골집에 들르셨다. 어머니는 아버지가 혼자 지내는 것을 늘 안타까워했다.

어머니가 동생 집에 계실 때 찾아뵈면, 나를 물끄러미 바라보시며 힘없이 말했다. 왔느냐고. 그동안 잘 계셨느냐고 손을 잡으면, 어머니는 힘없이 고개를 끄덕였다. 9남매를 낳고 키우셨던 어머니의 강단은 어디로 갔는가? 아홉 자녀를 혼내 주며 호통치던 어머니의 위엄은 어디에 있는가? 농사짓고 자녀를 먹이고 입히며 교육시키기 위해, 동분서주하던 어머니의 젊음은 어디로 사라졌는가. 건강했던 어머니가 병고에 시달리는 어머니가 되었다. 어머니는 생로병사의 마지막 길에 서 있었다. 인생의 마지막이 멀지 않은 것이다.

나는 당뇨로 힘든 시간을 보내는 어머니에게 아들과 목사로서 말씀드렸다. "사람은 누구나 한 번 죽는다. 믿는 사람도 죽고, 안 믿는 사람도 죽는다. 그런데 예수 믿는 사람은 죽어서 천국에 간다. 그러니까 믿는 사람들은 죽기 전에 잘 믿어야 한다."고. 어머니에게 죽음을 이야기하는 것이 자식으로서 쉬운 일이 아니다. 그러나 죽음을 말하는 것이 올바른 도리라고 생각했다. 죽을 사람을 앞에 두고 건강이 좋아져서 오래 살 것이라 하면, 그것은 하얀 거짓말이다. 바르게 죽음을 맞이하고 하나님 앞에 갈 수 있게 사실을 말할 순간이 오면, 피하지 않아야 한다.

"어머니는 예수를 믿으세요?"

"응."

"예수가 하나님의 아들이며 어머니를 위해 십자가에 죽은 것을 믿으시나요?"

어머니가 고개를 끄덕였다.

"어머니. 예수님을 믿습니다. 따라 해 보세요."

어머니의 밍크이불

"예수님을 믿습니다."

어머니의 목소리엔 힘이 없다. 그래도 잘 따라 주셨다. 나는 계속해서 말했다. 힘들 때마다 아들을 찾지 말고, 생각하시지도 말라. 아들을 찾아도 자주 올 수도 없다. 아들을 찾아도 아무런 도움이 되지 않는다. 대신 힘들면, 예수를 찾아라. 예수의 이름을 불러라. 힘들면 예수를 찾아야지, 쓸데없는 아들을 찾지 말라고 신신당부했다.

목사 아들은 의사처럼 부모를 치료해 줄 수가 없다. 약을 줄 수도 없다. 죽음 앞에서는 예수를 찾고, 예수를 믿으며, 천국 소망을 갖는 것이 바른 일이다. 세상 것과 땅의 것을 찾지 말고, 위의 것과 하늘의 것을 찾아야 한다. 죽음 앞에서는 아홉 자녀도 쓸데가 없다. 많은 돈도 필요 없다. 성공도 별별 약도 쓸데없다. 죽을 때는 살아 있을 때 쓸모가 있던 것들이 쓸모없는 것으로 바뀐다.

죽음은 모든 것을 쓸모없게 만들고, 다 내려놓고 가게 한다. 먼지 한 톨도 가져갈 수 없다. 내 영혼과 생명을 하나님께 맡기는 시간이다. 내 영혼을 맡길 수 있는 하나님을 찾아야 한다. 예수를 생각하고 예수를 바라보게 해야 한다. 그것이 나의 신앙적 양심이었다. 그리고 최후의 효도라고 생각했다.

옆에 계신 누나는 매일 어머니를 찾아뵈었다. 나는 누나에게 천국 소망의 기도를 해 주라고 당부했다. 주변에 신앙이 좋은 권사님들이 계시면, 모셔다가 기도해 주시도록 부탁했다. 생명은 하나님의 손에 달렸으며, 하나님이 주인이기 때문이다. 나는 어머니가 돌아가신 후 어머니를 천국에 가시게 했다고 생각하며, 나 자신을 위로했다.

왕이 죽으면 무덤을 크게 만들고 귀중품을 넣는다. 왕의 묘지를 발굴해 보면, 저 세상에 가서 사용하라고 귀중품을 잔뜩 넣어주었으나 아무것도 사용하지 못하고 녹슬고 썩어서 없어질 뿐이다. 역사적 의미는 있겠으나, 죽은 왕에게는 아무 쓸모가 없는 것들이다.

죽음을 앞에 두고 있음은 하나님이 가까이 계신 시간이요, 예수를 만날 때다. 이 시간에는 오직 하나님을 찾고 예수의 이름을 불러야 한다.

잘 죽는 은혜

재수 없으면 100살까지 산다는 말이 있다. 수명이 짧았던 시대에는 장수가 축복이었다. 60년만 살아도 장수했다며 잔치를 벌였다. 수명이 짧은 시대에는 일찍 결혼하여, 자식을 빨리 낳고 길렀다. 21세기는 100세 시대, 장수시대다.

태어나고 공부하고 사회인으로 살아갈 채비를 하는 30년. 성인으로서 책임과 의무를 짊어져야 하는 30년. 그 후 40년을 일없이 생활하며 100세를 살게 된다면, 장수가 더 이상 축복이라고 할 수 없을 것이다. 게다가 노후 준비가 되지 않는 사람에게는 고행과 불행의 연속이다.

우리 부모님은 시대적으로 잘 태어나는 은혜를 받진 못했다고 생각한다. 일제 강점기에 태어나 6.25 전쟁을 겪었다. 보릿고개를 넘겼고, 배우고 싶어도 배울 수 없는 지적인 굶주림도 함께 겪었다.

경제적인 여유를 누리면서 자아실현이 가능한 환경에서 살아간다면, 통상적으로 잘 산다고 할 수 있다. 잘 산다는 것(Well-being)의 정의는 사람마다 다르겠으나, 나의 주관적 견해선 경제적 여유와 도덕적으로 바른 삶을 살아가는 상태라고 생각한다.

우리 부모님은 많이 배우지 못해서 좋은 직장을 가질 수 없었다. 쪼들리는 가운데 자녀들을 먹이고 입히고 가르치는 데 일생을 바친 세대다. 그러므로 당신 자신들을 위해 사는 은혜를 누리지 못했다.

잘 죽는다는 의미도 객관적 측면과 주관적 측면이 있다. 잘 살아서 잘 죽는 사람도 있다. 잘 살았지만, 불행하게 죽는 사람도 있다. 잘못 살았지만, 잘 죽는 사람도 있다. 잘못 살고 불행하게 죽는 사람도 있다. 잘 사는 문제는 대개 개인의 노력에 따른 산물이다. 허나 잘 태어나고 잘 죽는 것은 개인의 영향권을 벗어나는 경우가 대부분이다. 그러므로 잘 죽는 은혜는 삶의 선물이요, 인생의 축복이라고 생각한다.

우리 아버지는 93년을 사셨다. 장수한 삶이었다. 어머니가 8년 먼저 돌아가셨기에, 말년엔 외롭게 사셨다. 마지막 2년은 양로원에서 지냈다. 그리고 요양원에서 3개월간 머무셨다.

아버지는 자식들이 없는 새벽 시간에 조용히 인생 졸업장을 받았다. 나는 아버지의 죽음을 은혜라고 생각했다. 아버지는 서운하지 않을 만큼 사시고, 하나님 은혜로 좋은 죽음을 맞이했다. 하나님께 죽음의 은혜를 받았기에, 장례식도 슬퍼하지 않고 은혜롭게 치를 수 있었다.

어머니는 돌아가시던 날 고향 안방 아랫목에서 아버지와 아홉 자녀가 부르는 찬송을 1시간 동안 들었다. '하늘 가는 밝은 길이 내 앞에 있으니~' 찬송을 듣고 마지막으로 눈을 뜨시더니, 아버지와 자식들을 둘러보셨다.

우리 부모님은 잘 죽는 은혜를 받으신 분들이다. 부모님이 죽음을 잘 맞이하게 하신 하나님께 감사할 뿐이다.

예수는 가룟 유다를 '태어나지 않았으면, 좋을 뻔하였다.'라고 했다.

잘못 살았기 때문이다. 예수의 제자라는 좋은 자리를 얻었지만, 은 30 냥에 눈이 멀어 그 자리를 잃어버렸다. 그리고 자살하여 배가 터지고 창자가 튀어나왔다. 유다는 잘못 태어나고, 잘못 살고, 잘못 믿으며 비참한 죽음을 맞이했다.

예수는 마구간에서 태어났다. 가난한 부모 밑에서 자랐으며, 낮고 가난한 동네인 나사렛에서 살았다. 그러나 천국 복음을 전파하며 살았다. 그리고 최후에는 십자가에 못 박혔다. 예수는 최후에 다 이루었다고 말씀했다. 죽음으로 사명을 완수한 것이다. 예수는 십자가에서 하나님의 뜻을 이루고 죽었다. 예수의 죽음은 많은 죄인을 의롭게 하는 은혜의 죽음이었다.

나는 최소한 부모님처럼 죽고 싶다. 요즘에도 열심히 계단을 오르는 것은 건강하게 살다가 병들지 않고 죽기 위함이다. 장수를 위해서 운동하는 것이 아니다. 내가 죽었을 때 잘 살았다는 말과 잘 죽었다는 말을 듣고 싶다. 나는 최상의 준비는 죽음 준비라고 생각한다. 잘 죽으면 된다.

부모님의 합가

어머니는 선산에 모셨다. 아버지는 어머니가 돌아가신 후 8년간 고향 집에서 홀로 지내셨다. 아버지는 6.25 참전용사여서 돌아가시면, 임실호국원에 모시게 돼 있었다. 어머니는 그때까지만 선산 묘지에 임시로 계신다. 아버지가 돌아가시면, 아버지와 어머니를 임실호국원에 함께 모실 계획이었다.

2015년 1월 7일, 아버지를 임실호국원에 모셨다. 어머니의 기일을 앞둔 2015년 5월 25일. 이날은 어머니가 이사 가는 날이다. 어머니가 이사하시는 날 자녀들이 모두 모였다. 날씨도 장례식 날처럼 맑았다. 약간 더웠지만, 햇빛은 가득하고 하늘은 파랗고 구름 몇 조각이 있다. 어머니는 돌아가신 날을 잘 잡았는데, 자식들도 날을 잘 잡은 것 같다.

유골을 수습하여 상자에 담으니 무척 가벼웠다. 화장장으로 가면서 8년 전 어머니를 모실 때처럼 모두 숙연했다.

화장은 30분 만에 끝났다. 어머니는 네 번의 이사를 했다. 첫째는 결혼으로 인한 이사요, 두 번째는 생을 달리하는 선산으로의 이사다. 세 번째는 선산에서 임실호국원으로의 이사였다. 네 번째는 하나님 나라로 간 영원한 이사다. 이제 아버지와 어머니가 함께 계시게 되니, 자녀

어머니의 밍크이불

들로서 할 일을 다 한 것 같았다. 살아서도 60년 이상을 해로하셨으니, 죽어서도 계속 함께하시기를 바랄 뿐이다.

나 고향으로 돌아가리

대화 철학자 유대인 마르틴 부버는 모든 관계를 두 가지로 구분했다. 첫째는 나와 너 즉 인격적 관계이며, 둘째는 나와 사물과의 관계이다. 인격적 관계도 상대방을 인격적으로 대하지 않으면 관계가 변질된다. 나와 그것 즉 사물과의 관계도 참 의미를 부여하면 인격적 관계로 승화된다.

고향은 자신이 태어나고 자라온 요람이다. 고향에는 부모님과 형제들과 친척과 친구와 추억이 있다. 고향은 타향과는 완전히 다른 세계이다. 고향은 나의 과거가 살아 있고, 현재와 미래가 있다. 나의 고향 모악산은 70년 전이나 지금이나 변함이 없다. 고향의 시냇물 소리는 도시의 자동차 소리와 다르다. 도시의 하늘은 공허하고 공해가 가득하여 바라볼 때마다 눈살을 찌푸리게 하지만, 시골의 내 고향 하늘은 변함없이 푸르고 별과 구름도 도시의 것과 다르다. 고향의 신작로와 골목길 모퉁이마다 추억이 깃들어 있고, 살랑대는 바람은 나를 집으로 인도한다. 골목길의 흙담장도 어린 시절 친구들을 생각나게 한다.

나는 나이 일흔이 넘어 주름이 늘어가지만, 고향 마을의 이 골목 저 골목은 어린 시절의 향수를 그대로 간직하고 있다. 허나 시골 고향은 어느덧 빈집이 늘어가고 있다. 사람이 사라져 가는 만큼 추억을 공유했던 사람들도 사라져 간다.

고향 집 골목길은 깨끗이 쓸어 줄 때가 좋았다고 나에게 말을 걸어온다. 대문을 열면 변함없이 삐걱대는 소리. 넓은 마당에 들어서면 마음 자락에도 넓은 마당이 생기는 것 같다. 마당에서 놀던 어린 날의 재잘거림과 사철 분주하던 부모님의 종종걸음 소리가 들리는 듯하다. 이제는 밟아주는 발길이 뜸해서 푸석푸석한 흙 마당. 마당의 풀이 미처 깎지 못한 수염 같다. 그러나 역시 마당은 좋기만 하다. 마당에 들어서면 다정한 지붕이 맞아 주고, 아버지와 어머니가 마루에 걸터앉아 웃으며 '어서 오너라. 오느라고 수고했다'며 맞아 주실 것 같다. 마당을 지나 돌로 고인 토방에 올라서면 매끈한 돌의 감촉이 구두 속으로 들어온다. 그 옛날 고무신을 신고 밟던 그 촉감이 살아 온다. 닳고 닳아도 그 자리를 지키는 돌들. 마루에 앉으면, 세상에서 이보다 편한 요람이 없다. 폐부까지 느껴지는 마루의 촉감은 어떤 것과도 비교할 수 없다. 나는 마루에 앉아 마당을 바라보고, 장독대와 꽃들과 우뚝 솟은 모악산을 쳐다본다.

고향 집에 앉아 있어도 그리운 나의 고향 집. 나는 마루에 앉아 기둥을 만져 보고, 문고리를 더듬어 본다. 어린 날 이 기둥을 끌어안고 놀 땐, 닭이 똥을 싸는 것만 보아도 웃음이 났다. 마루에 누워서 서까래를 보노라면, 군대 제대하고 아버지와 같이 서까래를 닦아 내고 흙을 다시 바르고 페인트를 바르던 기억이 새롭다. 처마 밑에는 해마다 제비들이 집을 지었던 흔적이 무수히 남아 있다.

안방 문지방은 아직도 반질반질하다. 여름철에는 아버지의 목침이 되어 주고 어리던 우리에게는 불량배처럼 발을 걸어 넘어지게 하던 문턱이다. 내가 넘어져서 울면 어머니는 문턱을 혼내 주셨다.

창호지 바른 문은 옛날 그대로다. 추석 명절이 되면, 문에 물을 뿌리고 종이를 말끔히 뜯어내고 새 창호지로 발랐다. 가을 햇살 아래 널어 놓은 문짝에선 탱탱 맑은 북소리가 났다. 그 문짝을 달고 나면, 집이 훤해지고 한결 운치가 있었다.

부모님과 아홉 자녀가 나란히 누워서 잠자던 안방. 이불을 서로 덮으려고 잡아당기다 홑청이 찢어지면 끝내 꾸중을 듣고 눈물을 훔치며 잠이 들었다. 안방 벽에는 씹다가 붙여 놓은 껌 자국이 덕지덕지 나 있었다.

서너 개의 밥상에서 가족들이 옹기종기 모여앉아 식사했던 안방. 이 안방은 우리가 태어난 최초의 방이요, 어머니가 돌아가신 최후의 방이었다.

누렁소가 입주해 살던 외양간, 마당에서 흙 찜질하던 닭들과 늘어지게 낮잠을 즐기던 강아지와 우물가의 감나무와 양지바른 담 밑에서 피던 봉숭아꽃. 고향 집은 계속해서 길어 올려도 마르지 않는 추억의 샘이다. 고향 집은 추억 덩어리다. 불효자도 효성스러운 생각을 하게 하는 곳이 고향 집이다.

고향 집은 성장과 추억의 박물관이다. 또한 부모 박물관이다. 고향 집은 항상 우리를 기다린다. 나는 고향 집이 있고 고향의 산과 들을 오갈 수 있어 행복하다. 고향은 값을 매길 수 없는 유산이다.

어머니의 밍크이불

성경은 믿는 자들에게 이 세상은 나그네 생활이라고 했다. 믿는 자들의 본향은 하늘에 있다. 그러므로 하늘 고향을 사모하며 사는 사람들이라고 했다. 하나님은 하늘 고향에서 한 성을 예비해 놓고 기다리신다. 믿는 자는 하나님이 마련한 하늘 고향을 믿고 바라보며 살아간다. 육신의 고향은 부모를 생각나게 하고, 하늘 고향은 하나님을 생각나게 한다.

어디에나 계시는 하나님

사람은 시간과 공간 속에서 존재한다. 지구의 시공간에 추억을 남기고, 흔적을 되찾으며 살아간다. 나는 20여 년을 부모님과 함께 살았다. 시공간 속에서 부모와 자녀로 만난 것이다.

그러나 부모가 돌아가신 후에는 만날 수가 없다. 육신이 존재하지 않기 때문이다. 하여 간접적으로 만날 수밖에 없다. 그리하여 부모의 흔적이 있는 곳에서 부모를 찾고 추억하게 된다. 부모를 간접적으로 모시며, 간접적으로 만나게 된다.

부모를 간접적으로 모시며 만나는 길은 무엇인가? 부모님이 돌아가시면, 무덤에 모시고 무덤을 통해서 만나게 된다. 무덤은 부모님을 모시는 곳이며, 부모님을 만나는 곳이다. 그래서 사람들은 조상을 명당이나 양지바른 곳에 모시려고 한다. 자녀들은 무덤을 찾아가서 부모의 은혜를 고마워하고 추억하며 그리움을 달랜다. 나는 기일이 되면, 임실호국원에서 부모님을 만난다. 무덤은 부모와 자녀가 한마음임을 느낄 수 있는 공간이다.

부모님이 돌아가시면, 자식의 기억 속에 자리한다. 자녀의 마음은 부모를 모시는 지성소이다. 힘들 때나 기쁠 때도 가슴속 부모를 찾는다.

어머니의 밍크이불

기억 속에 모신 부모님과의 추억은 자녀가 살아가는 동안 지속된다. 또한 부모님이 돌아가시면, 사진으로 부모님을 만나게 된다. 가족사진은 부모와 자녀를 만나게 한다. 우리 부모님은 생전에 손주의 사진을 안방에 걸어 놓고 보고픔을 달랬다. 나도 부모님의 사진을 잘 보이는 곳에 모시고 있다.

　부모님의 목소리를 녹음하여 모실 수도 있다. 녹음된 음성을 들으면 청각을 통해서 부모님은 나에게 오시고, 나는 온몸의 청각 세포를 통해 부모님을 만나게 된다. 녹음된 부모님의 목소리도 부모님이고, 소리를 통한 만남도 만남이다. 부모님의 음성에는 희로애락이 고스란히 담겨 있다. 부모님이 돌아가시기 전에 영상으로 담을 수가 있다. 육신의 모습도 모실 수 있고, 음성도 모실 수 있다. 사진으로 모실 수도 있고, 활동사진을 통해 생전의 모습을 뵐 수 있다. 부모님은 영상 속에서 생생히 살아 계신다. 영상 속에 계신 부모님은 언제나 한결같이 인자한 모습으로 나를 만나러 오신다.

　부모님이 살던 고향 집에는 부모의 흔적이 있다. 시골집 기둥이나 마룻바닥의 무늬에도 부모님 모습이 있다. 방문과 문고리와 안방의 방바닥과 벽에도 부모님의 흔적이 있다. 그래서 고향에 가면, 부모님이 찾아오는 것 같다. 부모님의 손때 묻은 연장에서도, 헛간의 그늘에서도, 안마당의 해그림자에서도, 바깥마당 하늘에 한가롭게 떠 있는 구름에서도, 살랑거리는 바람 속에서도, 이웃의 얼굴에서도 부모님의 얼굴을 본다.

　나는 부모님이 사용하던 홀태, 국자, 성경, 채반, 그릇, 쇠 방울, 다다미, 방망이…. 몇몇 살림살이들을 우리 집에 가져다 놓았다. 나는 거기서 부모님을 만나고 부모님의 체취를 느낀다.

어머니가 돌아가신 지 16년이 지났다. 아버지가 돌아가신 지는 8년이 흘렀다. 나는 지금 부모님에 대한 글을 쓰면서 부모님을 만나고 있다. 글을 쓰는 일은 생각처럼 쉽지 않지만, 부모님을 추억하는 일은 나이 든 나를 더욱 성장시키는 듯하다. 그래서 누나와 동생들과 가족들이 글 속에 모셔진 부모님을 만나게 될 것을 생각하며 기쁘게 글을 쓰고 있다.

글 속에 부모님을 모시는 일은 나를 찾는 일이기에, 내가 기억하는 부모님과 부모님의 사랑을 생생하게 담아내고 싶다. 돌아가신 부모님이 아니라, 살아 있는 부모님의 모습을 글로써 그리고 싶다. 아쉬운 점은 필력의 한계와 오랜 세월 속에 잊히거나 희미해진 기억으로 인해 모조리 꺼낼 수는 없다는 것이다.

글 속에 모신 부모님의 이야기가 책으로 나왔을 때, 누나와 동생들과 손자들이 다 함께 읽으며 다시금 부모님을 추억하고 싶다. 어렵고 힘들 때 또는 행복할 때마다, 글 속에 모셔진 부모님이 자녀 한 사람 한 사람에게 큰 힘이 되어 주면 좋겠다.

나의 글쓰기는 부모님 쓰기다. 부모님 모시기다. 부모님 만나기다. 부모님을 모신 글 읽기는 부모님을 찾아가는 시간이다. 이제 부모님은 책 속 활자 속에 영원히 살아 계시게 될 것이다.

하나님은 자신의 형상을 만들지 말라고 했다. 하나님은 형상으로 모실 분이 아니기 때문이다. 그러나 하나님은 선지자나 예언자를 통해 글로써 당신의 모습을 보여 주셨다. 그것이 성경이다. 글 속에 모셔진 하나님은 성경을 읽는 자를 만나러 오신다. 글 속에 모셔진 하나님은 믿음으로 하나님을 읽는 자에게 찾아오신다. 하나님은 하늘에 계시기도 하지만, 말씀 속에 계셔서 읽는 사람을 만나 주신다. 말씀 속에 살아 계시는 하나님이시다. 성경을 읽고 하나님을 만나는 사람이 참 신자이며 진정한 하늘 사람이다.

노년의 나날

소크라테스는 너 자신을 알라는 이 한마디로 자신을 알렸다. 때로 사람의 말 한마디도 그 사람의 실상을 보여 준다. 나는 아버지가 하신 세 마디의 말씀을 통해 아버지를 이해한다.

우리 아버지와 어머니가 젊은 시절에 가장 많이 하신 말은 '바쁘다 바빠.'였다. 두 분은 농사의 절기를 넘기지 않기 위해 늘 바쁘게 사셨다. 어린 시절에는 중조모님과 할머니, 고모들 그리고 머슴들까지 대가족 생활을 했다. 부모님은 새벽 4시에 일어나시고, 늦은 저녁까지 일생을 바쁘게 살았다. 우리 집에 한가하다는 단어가 없던 시절이었다.

아버지는 어머니가 돌아가시는 순간, '이제 다 끝났다'고 말씀하셨다. 그 말이 내 가슴에 대못처럼 박혔다. 그렇게 바쁘게 살고, 힘들게 살던 삶이 이제는 다 끝났다. 세상 근심과 걱정에서 이제는 다 끝났다. 당뇨로 고생하며 살았는데, 그 병으로부터도 이제 끝났다. 아홉 자녀를 키우며 돈 때문에 엔간히 다투기도 하셨는데, 그 싸움도 이제 끝났다. 부부의 연으로 만나 60년을 넘게 살았는데, 함께 사는 것도 끝이 났다. 한

　　　　　　　　　　　　　　어머니의 밍크이불

몸 같던 아내가 영영 떠나갔다.

어머니의 삶은 끝났다. 영원한 하나님 나라의 생활이 시작된 것이다. 어머니에게는 하늘나라의 삶이, 아버지는 혼자 사는 삶이 시작되었다.

아버지는 어머니가 돌아가신 후 '심심하다 심심해.'라는 말을 자주 하셨다. 아버지는 어머니가 돌아가신 후 8년을 더 살았다. 혼자 사는 심심한 삶을. 어머니가 병 때문에 여동생의 집에서 지낼 때는 혼자 계셔도 심심하다고 하지 않았다. 어머니가 옆에 살아 있다는 것만으로도 심심하지 않았던 것 같다. 그때는 시골집에 계시면서도, 개와 닭을 키우며 심심하지 않게 사셨다. 개와 닭과 이야기를 나누고, 사료를 주는 것을 즐거워했다. 자전거 타고 밖으로 나가면, 개들이 앞서거니 뒤서거니 하며 친구가 되어 주었다.

이제 나이가 연로하여 개와 닭도 키우지 못하니, 소일거리마저 없어졌다. 일이 없으니 심심하고, 동무할 사람이 없으니 심심한 것이었다. 친구들도 거의 돌아가셨기에, 하루해를 보내는 것이 길게만 느껴졌으리라. 사람들로 가득하던 동네가 텅 빈 집들이 늘어가니 심심할 수밖에.

아버지는 동네에서 나이가 제일 많았다. 누나와 여동생이 밑반찬을 장만해 놓았으나, 아버지는 밥 먹는 시간도 심심하다셨다. 저녁에 주무실 때도 혼자 주무셨다. 아침에도 심심하게 일어났다. 마루에 걸터앉아 하늘의 별을 보고 먼 산을 바라보면서, 아침 해가 떠오르기를 심심하게 기다렸다. 오늘은 어디를 갈까, 어떻게 지낼까를 심심하게 생각했다. 아침을 먹고 자전거로 동네 한 바퀴를 돈다. 여름철에는 동네 입구 차도 밑에서 더위를 피하며 농사일을 하는 사람들을 보거나, 가끔 만나는 사람들과 심심함을 메우려 했지만, 심심함의 깊이는 너무 깊은 것 같았다.

자식들이 명절이나 생일 때 집에 오면, 활기찬 시간이다. 손자들과 함께 식사하면 에너지가 충전되는 시간이다. 그러다가 어떻게 지내시 느냐고 안부를 여쭈면, 하루가 길어서 심심하다고 말씀하셨다. 한바탕 북적이던 시간이 지나고 자식들은 떠날 채비를 한다.

"벌써 가느냐."

"어서 가거라."

"조심히 가거라."

힘없이 돌아서는 아버지의 어깨가 쓸쓸해 보였다.

예수는 '무엇을 먹을까 마실까 입을까 염려하지 말라.' 했다. 아버지 는 이제 겨우 의식주 걱정을 하지 않게 되었다. 하지만 오늘도 어디를 갈까. 누구를 만날까. 어떻게 시간을 보낼까. 누가 찾아올까. 누구에게 연락이 올까. 심심한 시간과의 전투를 치르고 있다. 그러다가 요양병 원에 입원하시고, 자녀들이 없는 한밤중에 심심하게 별이 되어 하늘나 라로 가셨다.

나는 71세가 되어 목사로서 이제 막 은퇴를 했다. 나도 아버지처럼 '심심하다. 심심해.' 하고 살게 될까? 만약 90세까지 산다면, 앞으로 남 은 시간은 175,200시간이다. 노년은 연금도 중요하지만, 잉여 시간의 해결이 더 큰 문제다. 목사로 살아온 지난 40여 년 동안은 설교 준비로 3일을 보내고, 교회 일로 시간을 쓰고, 노회 일이나 여러 모임으로 시간이 채워져서 심심할 새가 없었다. 아내와 자식들도 함께 지내고 있으니, 적적하지는 않다.

미국의 어느 교수 부부가 은퇴 후에 더 바쁘게 산다는 기사를 본 적이 있다. 은퇴 후 서재를 꾸미고, 전공 분야의 책을 더 읽고 논문도 발표하면서, 의미 있게 지낸다는 말에 전적으로 공감이 됐다.

서재를 잘 꾸미고 책을 읽는 삶. 나도 그렇게 살고 싶다. 설교는 안 해도 은혜받으며 살기를 원한다. 운동이나 여행은 일상의 심심함을 근원적으로 해결해 주지는 못한다. 책을 놓는 순간, 아버지처럼 심심하다 심심해할 것 같다. 산사의 스님들은 찾아오는 사람이 많지 않아도, 혼자 지내는 시간도 심심하지 않게 지내고 있다. 시간의 내적관리와 시간의 의미 관리를 동시에 하기 때문인 듯하다. 혼자 있어도 시간의 비밀을 깨달아야 심심하지 않게 살 수 있다. 외연의 시간보다 내면의 시간을 갖추어야 한다.

하나님은 하루가 천 년 같고 천 년이 하루 같다고 했다. 은퇴 후에 하루를 천년같이 살면 심심하고 지루하겠지만, 천 년을 하루 같이 살면 심심하지 않게 살 것 같다.

불신 가정에서 신앙의 가정으로

나는 불신 가정에서 태어나 기독교 신앙의 가정이 되기 전까지 선조 대대로 미신을 숭배해 온 가정에서 살았습니다. 스님이나 무당들이 내방하면 우리 집에서 숙식을 제공하며 환영했습니다.

음력 초하룻날과 보름이 되면 일종일이라 하여 하루 한 끼만 먹고 사찰에 가서 공을 들이거나, 무속인을 찾아다닐 만큼 미신을 섬겼습니다.

어느 날 무속인이 말하기를 단명하겠으니 본인의 생일날인 11월 초하룻날을 기하여 산제당에 가서 3일간 기도하고 가정에서 제물 등을 준비하고 떡시루를 땅에 대지 말고 교대로 새벽 미명까지 모악산 산정에 도착하여 산제당에 기거하는 ○○○과 합류하여 액을 들려야 장수한다는 말을 듣고 그대로 행할 정도로 미신에 심취해 있었습니다.

아들 김철수는 전주 신흥고등학교를 졸업하고 전북대학교에 진학했습니다. 부모인 나는 법대에 진학하기를 원했으나 본인은 철학과에 진학했습니다. 이러한 의견 차이로 한동안 집안이 어수선하고 심적으로 매우 어려웠으나, 아버지인 내가 양보를 하고 철학과 입학을 허락했습니다.

아들이 철학과에 졸업한 후 곧장 장로회신학대학원에 입학하여 전도사 생활을 시작했으나, 나와 아내 그리고 8남매의 다른 자녀들은 아무런 반응을 보이지 않았습니다. 그러던 어느 날부터 철수 어머니가 문정교회에 출석을 하기 시작했습니다.

그 후 아버지의 생신일이 주일과 겹치는 날이면 교회에 나가라는 아들의 말을 듣고서 1977년 12월 11일 나의 생일이 주일이던 그날부터 문정교회에 출석하게 되었습니다.

교회에 출석하면서부터 목사님의 설교말씀이 내가 과거에 잘못한 것만을 골라 지적하는 것 같았습니다. 그러나 묵묵히 참고 견디면서 교회에 다녔습니다. 추계 전북 노회가 전주 성암교회에서 개최되었는데, 김철수가 목사 안수를 받는다고 하여 참석하였습니다. 그러나 노회가 무엇을 했는지 분별도 되지 않아 실망해서 노회가 끝나자마자 자전거를 타고 밖으로 나왔습니다.

때는 만추절이었는데, 간간이 나락을 베지 않는 논들이 있는 촌길을 나 혼자 오면서 지금이라도 내가 신앙생활을 한 것이 다행이라고 생각하며 울며불며 홀로 귀가를 했습니다.

이후로 저는 신앙생활을 열심히 하고 우리 부부는 소정의 과정을 거쳤으며, 아버지인 저는 1993년 6월 20일 장로 장립을 받게 되었습니다. 김철수의 어머니인 아내도 권사 안수를 받고 열심히 신앙생활을 하던 중 2007년 5월 27일에 세상을 떠났습니다.

나의 아홉 자녀들이 교회에서 열심히 신앙의 본분을 다하고 있으며, 큰딸인 김경수는 전주 동산교회 권사로서 책임을 다하고 있습니다. 김철수 목사로 인하여 불신 가정이 전도되어 신앙의 가정으로 일별 개혁

하게 되었습니다. 김 목사는 현재 경기도 오산에서 명성교회 담임목사로 시무하고 있습니다.

2007년 12월 김종근 장로
〈전주 문정교회 100년사〉 중에서

어머니의 밍크이불

아버지의 청소기

아침 창문을 여니 앞 공원 나무에 하얀 눈꽃이 탐스럽게 앉아 있다.

'아! 밤새 눈이 왔구나.'

반가웠다. 지난겨울 추위도 벗고 눈이라곤 구경도 못 하고 이대로 봄인가 했는데 이렇게 눈이 많이 와 주었다. 종일토록 함박눈이 쏟아졌다. 캄캄한 하늘에서 작은 새 떼들이 몰려오듯 베란다 유리를 향해 무수히 날아올랐다. 주차장 차들도 형체를 알아볼 수 없을 정도로 두툼한 눈옷을 입고 있었다. 햇살이 쨍 비치는 다음 날 차에 쌓인 눈을 치우러 나갔다. 어제 운행을 한 차는 깨끗한데 우리 차를 비롯하여 몇 대의 차들 위에는 눈이 아주 많이 쌓였다. 긴 막대 달린 걸레를 가지고 지붕 위부터 밀어 보니 20cm 이상 쌓인 듯하다. 너무 높이 쌓여 무거워서 밀어내기가 쉽지 않다.

좌측에서 밀어 보고 우측에서 밀어 보고 옆에 쌓인 눈, 앞 유리, 백미러 등 여러 번 반복 끝에 간신히 대충 털어 냈다.

'이 걸레가 아니었으면 이 많은 눈을 무엇으로 치울 수 있었을까?'

실을 꼬아 만든 걸레는 이미 꽁꽁 얼어 버려 햇볕 잘 드는 베란다에 녹기를 기다리며 걸어 두었다.

어느 날 아버지는 자전거 뒷좌석에 커다란 상자 하나를 싣고 오셨다.

"아버지 그 상자 뭐예요?"

"나 오늘 경품에 당첨되어 이거 탔다. 청소기라더라."

얼굴엔 웃음이 가득했다. 전주시민의 날 덕진공원에서 열리는 경로
잔치에 다녀오신 거란다. 덕진공원이 어디라고. 아버지는 먼 길을 다
녀오시고 긴 숨을 내쉬었다. 평화동 끝 동네에서 자전거로 시내를 가
로질러 반대편에 있는 덕진공원이라니. 팔순이 넘은 노인네가 겁도 없
이, 그 정보는 어디서 입수하셨던 걸까. 여하튼 거기까지 가실 수 있는
건강이 있고 즐거워하시는 모습을 볼 때 다행이란 생각이 들었다. 그
후 길이가 1m 20cm나 되는 긴 걸레는 나의 청소의 동행자가 되어 주
었다. 360도 회전 탈수 물걸레 청소기는 TV 홈쇼핑 코너에도 자주 등
장하는 상당히 인기를 얻고 있는 종목이었다. 그런 물걸레 청소기도
몇 달 후 자연스럽게 멀어져 가는 그런 존재로 변해 갔다.

아버지는 고령에도 불구하고 경우회 모임, 소년가장 결연활동, 친목
회 모임, 6.25 사진전 공모 등 사회활동을 지속했다. 양로원에 계실 때
어버이날 자녀 초청 잔치에 가보면 게임에 제일 먼저 출전하시어 두루
마리 휴지 한 개를 상으로 받으시고 즐거워하시며 너도 나가 보라고 나
의 등을 떠미셨다.

아버지는 항상 표정이 밝고 긍정적이고 적극적이었다. 그러한 성격
덕분인지 엄마를 먼저 보내시고도 꿋꿋하게 8년이나 더 수(壽) 하셨다.
보일 때나 안 보일 때나 환히 웃으시던 아버지. 아버지의 청소기는 다시
눈 쌓인 겨울이 올 때까지 잊힌 존재로 기다려주다가 다시 나와 주겠지.

　　　　　　　　　　　　　　　　　　　　　어머니의 밍크이불

엄마는 그래도 되는 줄 알았다

1962년 음력 칠월 초엿새.

이날은 두 번째 남동생이 우리 집에 온 날이다. 이글거리는 태양. 숨 쉬기조차 힘든 한여름 더위, 선풍기도 냉장고도 에어컨도 없는 오직 부채 하나에 의존하여 자연과 더불어 살아야만 했던 시대. 농사도 기계화되지 않아 일일이 사람의 손으로 했다. 논두렁 양쪽 끝에서 긴 물줄을 잡고 일렬로 늘어서 모를 꽂으며 논바닥에 난 풀은 사람의 손으로 직접 뽑아야 하는 농사법이다. 그것도 세 번씩이나.

아버지는 무엇 때문에 역정이 나셨는지 우리 형제 모두를 논으로 끌고 나가셨다. 만삭이 된 엄마는 물론 15살, 13살, 10살, 8살, 7살, 초등학교 1학년생까지 동원되었다. 5살, 3살배기만 집에 남겨졌다.

모는 내 가슴만큼 자라 있었다. 허리 숙여 논바닥을 볼라치면, 뻣뻣하고 뾰족한 벼 잎이 눈을 찌르고 얼굴에 닿아 따갑기가 말할 수 없다. 오전 작업만 했는지 오후까지 했는지 그 효과는 얼마나 있었는지는 알 수 없으나, 처음 해 보는 풀 뽑기는 너무 힘들고 괴로웠다. 아버지도 힘드셨겠지 그렇게도 많은 자식을 먹여 살리려니.

논의 흙을 뒤집어쓴 빨랫감이 얼마나 많았을까? 다음 날 엄마는 산더미 같은 빨랫감을 고무 통에 담아서 남산만 한 배를 안고 개울가로 나가셨지. 난 여름방학 기간이라, 아침 식사 후 곧장 낮잠에 빠져들었다. 단잠을 자고 있는데. 엄마가 큰 소리로 깨우셨다.

한여름이라 모든 방문은 열려 있었다. 방과 방 사이 좁은 벽면에서 엄마는 아기를 낳으셨다. 두 번째 남동생이 태어났다. 집 안에는 아무도 안 계셨다. 엄마는 혼자서 아무 준비도 없이 분만했다. 빨래터에는 남은 빨래가 수북이 쌓여 있었다.

얼마나 힘드셨을까?

전날 아침부터 진통이 있었겠지만, 분만 전에 빨래를 끝내야겠다는 생각만으로 산통을 참으며 빨래했을 엄마. 그 시대에는 모두들 그랬다지만 가슴이 아리다. 지금 세대로선 상상조차 하기 힘들다.

딸 셋에 아들 하나, 또 그 아래로 딸만 넷이나 되는 상태에서의 분만이라 또 딸을 낳을 것이 마음에 걸려서 누구에게도 말도 못 하고 혼자 참아내셨던 것 같다. 그 시절의 부모님들은 왜 그리도 아들을 기다리셨을까? 아들 의존도가 높은 데다 기다리고 기다리던 아들이 태어났으니, 엄마의 기분은 어떠했을지.

그 아기는 점점 자라면서 형, 누나들의 귀여움을 독차지하고 부모님의 큰 기쁨이 되었다. 아버지는 외출하실 때마다 자전거 앞에 보조 의자를 끼우고, 막내 남동생을 항상 태우고 다니셨다. 추우나 더우나 아버지가 계신 곳에는 남동생도 함께 있었다.

당신 입에 맛난 거 한번 못 넣어보고 좋은 옷 못 입어보고 자식을 위해 희생하셨을 우리 엄마.

무명천으로 살던 시대가 가고, 질기며 때깔 좋은 나일론이 나와 인기가 좋았다. 어느 해인가 어머니는 큰맘 먹고 나일론 치마저고리 한복을 한 벌 장만하셨다. 외출할 때마다 그 옷 한 벌로 10여 년을 입었다.

어머니의 밍크이불

지금 생각하면 답답하기 그지없다. 통풍도 안 되고 무척 더웠을 테지만, 신개발 상품이라고 즐기셨던 것 같다. 또는 돈을 아끼려고 그러셨던 것은 아닐까.

나는 엄마한테 받기만 하고 살았다. 직장 다닌다는 핑계로 살림을 제대로 못 했고, 김치와 밑반찬은 물론 나물까지도 무쳐다 주신 것을 받고 살았다. 엄마는 밭에서 나는 푸성귀로 내 반찬 만드는 데 많은 시간을 할애하셨다. 엄마 집에 나들이 가면, 몰래 감춰 두었던 깔밥(누룽지)을 내어다 주셨다. 귀한 아들들도 못 찾을 깊은 곳에 숨겨 두었다가 내게 내주신 것이다.

나는 엄마한테 해 드린 것이 아무것도 없다. 동생들이 엄마 팔다리를 주물러 드릴 때도, 난 거기서 빠져 있었다. 119구급차로 예수병원 응급실에 실려 가시기 몇 시간 전까지 같이 있었지만, 물 한 모금 밥 한 숟갈 입에 넣어 드린 일도 없고, 목욕 한번 해 드리지 못했다. 모두가 다 동생들이 도맡았다.

하늘나라에서 엄마를 만나면 제일 먼저 용서를 구해야겠다. 4월 둘째 주 토요일 금산사 쪽으로 벚꽃 구경 가자고 엄마한테 말해 놓고 당일에는 친구들하고 송광사 쪽 벚꽃놀이에 다녀왔다. 후에 동생한테 들은 얘기로는, 큰언니가 벚꽃 구경시켜 준다고 기다리셨다고 한다. 한 달이 조금 지난 5월에 엄마가 떠나셨기에, 벚꽃 구경은 영영 갈 수 없는 멍울로 남게 되었다.

또 엄마가 가신 후 몇 년이 지난 후에야 깨달은 큰 잘못이 생각났다. 그게 잘못인 줄 그땐 왜 몰랐을까? 무심하고 잔정 없는 딸이었지만, 서

운한 내색 한 번 안 하시고 엄마는 항상 그 자리에 그대로 계셨다. 만일 엄마가 다시 살아오신다고 해도 나는 더 잘해 드리지는 못할 것 같다. 잔정 없는 나는 그전처럼 대할 것만 같다. 그래서 치사랑이 어려운 것이라 했던 걸까.

"엄마, 엄마는 그래도 되는 줄 알았습니다."

큰누나 김경수

어머니의 밍크이불

그땐 아무것도 몰랐다

　나의 초등학교 시절엔 공부에 대한 압박이 거의 없었다. 요즘 아이들처럼 학원에 다니지도 않고, 그야말로 노는 게 일이었다. 봄이면 나물을 캐고, 산새 알을 찾으러 들판을 뒤지고, 진달래도 꺾고, 여름이면 매일같이 냇물에서 멱을 감았다. 감나무 그늘에서 공기도 하고, 가을이면 메뚜기 잡고, 달밤엔 볏가리가 무너지는 것쯤은 아랑곳하지 않고 숨바꼭질을 했다.

　겨울이면 얼음이 언 둠벙에서 앉은뱅이 썰매를 타는 등 철마다 놀이를 바꾸며 놀았다. 친구들과 놀았던 추억은 시나브로 떠오르는데, 헌신적이었던 부모님과의 추억은 그다지 떠오르는 게 없다. 경찰이던 아버지는 성정이 엄격해서 집안에서도 군대생활 비슷한 걸 강조했다. 명령 밑엔 복종이라는 말씀을 자주 했다. 아버지는 부모가 소를 지붕에 올리라면 볏단을 쌓아서라도 올려야 한다고 주장했다. 경찰재직 시절 청탁은 절대로 받지 않았다고도 말씀하셨다. 또 우리 집엔 화투와 만화책이 있으면 안 되었다. 여자도 배워야 하고 군대에도 가야 한다고 강조했다. 또 부모님은 교육에 진심이었다. 큰언니가 대학을 졸업하고 돈을 벌면 작은언니 뒷바라지를 하고, 작은언니가 대학을 마치면 다음 동생을 뒷바라지하고…. 아홉째까지의 바통 터치를 강조했는데, 노중에 끊어지는 바람에 계획이 무산되자 아버진 몹시 속상해하셨다.

　마을에서 꽤 많은 땅을 부치는 농가의 아내였던 어머니는 시어머니와 시누이, 아홉 자식에 머슴들까지 삼시 세끼 밥상을 차리고, 아침에는 5~6개의 도시락 준비했다. 어머니는 늘 일이 많았다. 일꾼들의 밥과 새참을 장만하느라 비지땀을 흘렸고, 심지어 방물장수들까지 챙겼다. 그래서 남의 식구가 밥상에 없는 날이 거의 없었다.

고등학교 때부터 큰언니와 동생들과 시내에서 자취했다. 직장에 다닐 때는 아침에 나와 저녁에 들어갔기 때문에, 그때의 일을 알 수 없고 집안일에 관심도 없었다. 그때 난 정말 아무것도 몰랐다.

어느 해 추석 무렵, 어머니가 외가에 가신다며 소복을 입었다. 그때 집에 있던 나는 엄마를 따라가게 되었다. 나는 엄마가 손수 만들어 준 무늬가 고운 치마를 입고 있었다.

과수원 집인 외가는 솟을대문이 있는 너른 기와집이었다. 방학이면 우리 형제는 원두막에서 외사촌들과 놀았다. 어머니는 외숙모와 한동안 얘기를 나눈 뒤 외가의 과수원이 있는 낮은 언덕 너머 벽돌 공장이 있는 내리막길을 지나 조그만 다리가 있는 완산동 큰길로 갔다. 어머니는 다리에서 꼼짝하지 말고 엄마가 올 때까지 기다리라며 내게 이른 뒤 낮은 산으로 갔다. 얼마나 시간이 흘렀을까. 다리는 아프고 햇빛은 따갑고 지겹고 무서운 생각이 들 때쯤, 어머니가 돌아오셨다.

어머니의 눈을 보며 나는 왜 울었느냐고 묻지 않았다. 세월이 지난 후 그곳에 외할머니의 산소가 있는 것을 알았다. 어머니는 외가의 장녀였다. 외할머니가 가끔 우리 집에서 주무실 때, 옛날이야기를 많이 해 주셨다. 어머니도 누군가의 어린 딸이었을 텐데. 어린 나이에 결혼하고 대가족을 건사하느라 얼마나 고되셨을까. 어머니는 외할머니의

　　　　　　　　　　　　　　　　　　　　어머니의 밍크이불

산소에서 얼마나 우셨을까. 그런 어머니가 우리 곁을 떠나신 지 17년째다.

나는 힘든 시집살이도 없고 농사일도 없고 단출한 가족끼리 사는 데도 벅차다고 느낄 때가 많다. 그래도 조금만 힘든 일이 생기면, 시시때때로 어머니가 보고 싶다. 그때 어머니는 외할머니가 얼마나 보고 싶었을까.

나는 종종 생각한다. 40세 전후의 나이에 9남매의 엄마였던 어머니를.

여동생 김경숙

평생 일기를 쓰셨던 아버지

아버지가 가신 지 엊그제 같은데 어느덧 8년이 흘렀다. 병상에 누워서도 또렷하게 자식들의 이름을 부르던 아버지. 자정 무렵 요양병원의 연락을 받고 달려갔으나, 9남매는 아무도 임종을 지키지 못했다.

젊은 아버지는 새벽 2, 3시에 일어나 소죽을 끓이고 소와 함께 어둠을 뚫고 논으로 나가는 부지런한 농부였다. 아버지는 또 평생 일기를 쓰셨다. 해마다 12월 말경 큰누나가 자그마한 수첩을 사 오면, 정성스럽게 올해의 목표와 각오를 적고, 매일 매일의 일들을 기록했다. 족히 40여 권 이상이던 일기장을 당신 가시기 전 유품을 정리한다고 불태워 없애 버렸다. 아쉽고 아쉽다.

어느 해의 목표에는 '자립경제'라는 단어가 적혀 있었다. 새벽부터 노동을 해 오신 두 분 부모님. 아마 9남매의 적지 않은 학비 마련 때문이었으리라. 그 덕분에 우리 9남매는 모두 고등교육을 마칠 수가 있었다.

겉으로는 강한 것 같았으나, 눈물이 많고 마음 여린 아버지. 8.15 광복절이 되면 일제 강점기 때 일본인들의 만행과 고생했던 이야기를 하시면서, 하염없이 눈물을 흘렸다. 또한 6.25 전쟁 때 경찰 공무원으로서 겪으신 가족의 피난살이와 걸어서 평양에 다녀온 일화를 들려주셨다. 집안일 못지않게 이웃의 일에도 앞장서신 아버지는 면사무소나 농협 일을 도맡아 해 주시곤 했다.

아버지에게 교회에 가시자고 하면, 환갑에나 가겠다고 말씀하셨다.

어머니의 밍크이불

그런데 말씀하신 대로 환갑을 맞으시던 날 예수를 영접했다. 그 후 아버지는 고단한 농사철에도 새벽기도, 주일예배, 수요예배에 빠지지 않고 예배에 승리하셨다. 우리 형제자매들은 아버지가 예수 그리스도를 영접하신 것을 항상 감사하면서 살고 있다.

아들로서 가장 아쉬운 일은 시골집이 춥다고 겨울에 우리 집에 올라와 계실 때 사무실 일이 바쁘다는 핑계로 아버지와의 시간을 많이 갖지 못한 것이다. 당신이 보고 들은 것을 이야기하고 싶었을 텐데, 피곤하다는 이유로 잘 들어 드리지 못했다. 또한 6.25와 8.15 광복절 즈음이면 늘 우울하시던 것을 간과했다. 하늘나라 가신 후에야 후회가 됐다.

자식을 키워 봐야 비로소 부모 마음을 헤아리게 된다지만, 부모 마음 알고 난 후에도 자식의 도리를 다하지 못했다. 부모님이 돌아가신 후에야 후회한다는 옛말이 새삼 가슴 아프다.

아궁이에 데워 주신 신발

겨울 이른 새벽 학교에 가려고 신발을 찾으면, 어머니는 부엌 아궁이 앞에서 말린 신발을 가져다주셨다. 따뜻한 신발의 감족이 좋았다. 엄마의 손길처럼.

요즘엔 학교급식이 있어서 도시락을 싸지 않으나, 우리가 학교 다닐 땐 야간자습까지 있어 도시락 2개를 싸 가지고 다니는 게 일상이었다. 중고등학생이 서너 명이나 되는 우리 집은 매일 아침 7~8개의 도시락을 싸야 했다. 그 때문에 부뚜막에 노란 양철 도시락이 산더미처럼 쌓였다. 풍족하지 않은 살림과 도시락 반찬거리가 다양하지 않던 시절이었다.

우리 어머니는 날이 새면 식구들을 모두 깨워 활동하게 했다. 덕분에 30년 이상을 새벽 4시 30분에 일어나 아침 운동을 하고 출근하는, 아침형 인간이 되었다. 건강까지 덤으로 얻었다.

내 기억으로 어머니가 환하게 웃던 날은 아들인 내가 공무원에 채용된 것, 그리고 3일 뒤 우리 집 장손인 동신이가 태어난 그 주간이 아닌가 생각된다. 둘째 아들 취직과 함께 맏손자가 태어났으니, 겹경사가 난 것이다. 바쁜 농사철인 6월이지만, 취직 후 첫 주말에 집에 내려갔다가 서울 올라오는 길에 어머니한테 손자 보러 가지 않을 거냐고 여쭈니 몹시도 좋아하셨다. 하늘나라 가실 때도 의식이 없다가 하나둘 자식들이 도착하여 엄마를 부르자, 눈을 뜨시고 자식 얼굴을 확인하던 어머니.

어머니는 자식들과 함께 병원을 나와 고향 집에 도착하자, 눈을 크게 뜨시고 집안을 둘러보신 후 자식들의 찬송을 들으며 임종하셨다. 그 어머니를 곧바로 장례식장에 모시지 않고 고향 집에서 9남매 모두 한 방에서 같이 잔 것은 우리 9남매의 가슴에 새로운 정을 불어넣었다.

9남매를 둔 어머니는 바쁘고 일손 많은 농가의 아내였지만, 자식들 하나하나 살뜰하게 챙기시고 다정하며 인심도 넉넉했다.

어머니의 밍크이불

온 세상이 흰 눈에 뒤덮인 차가운 겨울 아침, 아궁이에 데워 주신 따뜻한 신발에 대한 기억과 어머니의 사랑. 그리고 어머니의 포근한 손길을 다시 만날 수는 없다. 하지만 수십 년이 지난 지금껏 어머니의 체온이 고스란히 느껴지는 것은, 내가 여전히 어머니의 아들인 때문이리라.

어머니에게 받았던 사랑 덕분에 행복한 자식이어서, 당신 아들로 살아온 기억이 풍요로워서 참 좋습니다. 어머니.

남동생 김명수

걱정마라, 엄마가 준비해 뒀다

내가 초등학교 저학년 때의 일이다. 다섯째 언니가 종종 나를 놀렸다.

"너는 엄마가 늦게 낳아서 나이가 많아 엄마를 조금밖에 못 본다."

나는 엄마를 너무 좋아했기 때문에, 겁이 나서 대성통곡했다. 부엌으로 달려가 엄마에게 일러바쳤다.

"애들 잘 데리고 놀라고 했더니, 그런 못된 말을 해서 동생을 울리느냐."

엄마는 언니를 호되게 야단을 치신 뒤, 나를 안아 주고 눈물도 닦아 주며 엄마 말을 잘 들어 보라 하셨다.

"엄마가 나이가 많아서 너를 낳은 것은 맞지만, 걱정할 것 하나 없다. 엄마 대신 언니 오빠들이 많으니, 엄마가 빨리 죽어도 언니 오빠들이 너를 잘 돌봐 줄 거다."

나는 안심이 되었지만, 자꾸 확인했다. 엄마는 집으로 돌아오는 언니 오빠들에게 '엄마에게 무슨 일이 생기면 혜영이를 잘 돌봐 주라'는 약속을 받아 내며 나를 더욱 안심시켰다. 언니와 오빠들은 그러겠다 약속했다. 엄마와 언니 오빠들이 나를 안심시키기 위한 연극이었는데, 나는 딱 믿었다. 다행히 친정엄마는 내가 대학을 졸업하고 결혼 후 세 아이를 낳고 큰아이가 고등학교에 입학할 때까지 사셨다. 어머니는 텃밭에서 고추, 상추, 부추, 가지, 오이 등 채소를 수확할 동안 내가 심심할까 봐 꽃 이름도 알려 주시고, 풀과 나무 이름과 그 이름이 붙여진 전래 동화도 들려주셨다. 나는 토종 풀꽃과 나무에 대해 많이 알고 있다. 어릴 적 엄마가 들로 밭으로 나를 데리고 다니면서 이것저것 알려 주셨기 때문이다.

나는 자연을 좋아한다. 어릴 적 엄마와의 추억이 많은 까닭이다.

우리 집 잔칫날

우리 형제자매들은 일 년에 두 번 모임 잔치를 벌인다. 코로나 사태가 있던 3년 동안에도 멈추지 않았다. 미리 준비해 둔 것들을 나누며 맛있는 음식을 먹고 웃고 떠들다 집으로 돌아갈 때면, 큼지막한 보따리 서너 개씩 차에 싣고 다음 만날 날을 약속하고 떠난다. 바로 아버지 기일과 엄마의 기일이 우리 형제들이 모이는 날이다. 보통 11시에서 11시 30분 사이 엄마 아버지의 유해를 모신 임실의 호국원에 모인다. 큰오빠의 인도로 추도예배를 드린 뒤, 큰언니가 정한 인근 맛집으로 이동하여 점심을 먹는다. 펜션을 정하여 1박 2일 동안 함께 지낸다.

나는 큰딸 은아와 둘째 준열이를 출산하고 산후조리는 친정집에서 했다. 엄마는 우리 은아와 준열이를 특별히 많이 예뻐해 주셨다. 우리 아이들도 외가와 외조부모님을 좋아했나. 나는 우리 아이들을 마당이나 들에서 실컷 뛰어 놀게 해 주고 싶었다. 남편 직장이 있는 곳으로 돌아가야 했지만, 고향 전주가 늘 그립다. 엄마와 나는 삶과 신앙의 이야기를 많이 나눴다. 특히 예수 믿지 않는 집으로 시집간 막내딸의 마음 고생을 잘 이해해 주시며, 지혜로운 말씀을 많이 했다. 어느 날 엄마가 뜬금없는 말씀을 하셨다.

"너희들은 나 죽으면 재밌겠다."

나는 의아해하며 무슨 그런 말씀을 하냐며 화를 냈다. 엄마는 환하게 웃었다.

"내가 죽어 장례를 치르면 그동안 못 보던 일가친척 다 만나고 음식도 풍성히 나눌 테니, 그날이 잔칫날 아니냐. 엄마가 정신이 또렷하고 생각날 때 너한테 말하는 것이니, 언니 오빠들한테도 알려 주어라."

그러면서 덧붙여 말씀하셨다.

"엄마 죽었다고 너무 슬퍼하지 말고, 얼굴 깨끗하게 화장하고 정갈하게 손님맞이해라. 눈물 나온다고 질질 울고 있지 말고 장례 다 치르고 집에 가서 실컷 울어라."

나는 언니 오빠들에게 말하지 않았다. 그러나 엄마의 유언처럼 눈물을 참고 장례를 치렀다. 언니 오빠들도 엄마의 마음을 아는 듯 모두 눈물을 참았다. 아버지는 많이 슬퍼하셨다. 엄마가 돌아가시고 한 달쯤 지난 어느 날 새벽, 엄마 생각에 잠이 오질 않았다. 질금질금 눈물을 흘리다가 마침내 소리 내어 울어 버렸다. 몇 시간을 끝도 없이 울었다. 그 뒤 거짓말처럼 엄마 생각이 떠올라도 눈물이 나지 않고, 좋은 추억만 찾아왔다.

막내 여동생 김혜영

어머니의 밍크이불

제 9주기 김종근 아버지 추모 예식

(2024. 1 .6)

집례: 김철수 목사

예식사 ————— 지금부터 고 **김종근** 아버지의 ————— 집례자
제 9주기 추모예식을 시작합니다.

기 원 ——————————————————— 집례자
찬 송 ————— 235장 (1절) ————— 다같이
성 경 ————— 시 133:1-3 ————— 다같이
설 교 ————— 선하고 아름다운 사람 ————— 김철수 목사
기 도 ——————————————————— 설교자
찬 송 ————— 235장 (4절) ————— 다같이
축 도 ——————————————————— 김철수 목사

성경말씀 (시편 133:1-3)

1. 보라 형제가 연합하여 동거함이 어찌 그리 선하고 아름다운고 2. 머리에 있는 보배로운 기름이 수염 곧 아론의 수염에 흘러서 그의 옷깃까지 내림 같고 3. 헐몬의 이슬이 시온의 산들에 내림 같도다 거기서 여호와께서 복을 명령하셨나니 곧 영생이로다

보아라 즐거운 우리집 (235장)

1절. 보아라 즐거운 우리 집 밝고도 거룩한 천국에 거룩한 백성들 거기서 영원히 영광에 살겠네 거기서 거기서 기쁘고 즐거운 집에서 거기서 거기서 거기서 영원히 영광에 살겠네.

4절. 우리의 일생이 끝나면 영원히 즐거운 곳에서 거룩한 아버지 모시고 기쁘고 즐겁게 살겠네 거기서 거기서 기쁘고 즐거운 집에서 거기서 거기서 거기서 기쁘고 즐겁게 살겠네.

제 16주기 고 박순동 어머니 추모 예식

(2023. 5. 20)

집례: 김철수 목사

예식사 ——————— 지금부터 고 **박순동** 어머니의 ——————— 집례자
제 16주기 추모예식을 시작하겠습니다.

기 원 ———————————————————————————— 다같이
찬 송 ——————————— 287장 ——————————— 다같이
기 도 ———————————————————————————— 다같이
성 경 ——————————— 롬 10:10-13 ——————————— 다같이
설 교 ——————— 오직 예수 믿어야 구원 받는다 ——————— 김철수 목사
신앙 나눔 ————————————————————————— 서로간
축 도 ——————————————————————————— 김철수 목사

예수 앞에 나오면 (287장)

1. 예수 앞에 나오면 죄사함 받으며 주의 품에 안기어 편히 쉬리라
2. 예수 앞에 나와서 은총을 받으며 맘에 기쁨 넘치어 감사 하리라
3. 예수 앞에 설때에 흰옷을 입으며 밝고 빛난 내집에 길이 살리라
후렴: 우리 주만 믿으면 모두 구원 얻으며 영생 복락 면류관 확실히 받겠네

성경말씀 (롬 10:10-13)

10. 사람이 마음으로 믿어 의에 이르고 입으로 시인하여 구원에 이르느니라
11. 성경에 이르되 누구든지 그를 믿는 자는 부끄러움을 당하지 아니하리라
12. 유대인이나 헬라인이나 차별이 없음이라 한 분이신 주께서 모든 사람의
주가 되사 그를 부르는 모든 사람에게 부요하시도다 13. 누구든지 주의 이름을
부르는 자는 구원을 받으리라